すもうガールズ

鹿目けい子

すもう
ガールズ

目次

プロローグ　再会

「はるか？　遥だよね？」

県立桜川《さくらがわ》高校、二年六組。

クラス替えがあったこの日、一年から同じクラスだった子たちはもうすでにグループを作っておしゃべりをしたり、他の教室を覗《のぞ》きに行ったりと、学校中が浮ついていた。

「はるかー！」

教室の隅っこ。窓際の一番後ろの星川遥《ほしかわはるか》の席にアイちんとミナが走り寄る。

「また同クラ、ちょーラッキー！」

茶髪の長い髪、キラキラした爪、着崩《きくず》した制服。校内ヒエラルキーの上位に立つ女子は、見た目も派手なら声もでかい。ヤンキーではないけど、決して真面目《まじめ》でもない、言うならギャルって感じの女子たちだ。

遥は「一年間よろしく」とハイタッチして、イヤホンをつける。もう片方を、当たり前のようにミナが自分の耳に差し込み、歌を口ずさむ。

遥は、金髪に近い透き通るような茶色の髪をしている。フェイスラインに沿ってカールしてある毛先を指でクルクル巻いて、パッと離した時の弾力が遥は好きだった。

アイちゃんが持ってきた雑誌を、三人でペラペラとめくり始めた時だった。

突如《とつじょ》一人の女子が遥の席の前に立って、目を輝かせた。

アイちゃんとミナが、誰だっけって顔で窺《うかが》うけど、女子はまっすぐに遥だけを見ている。

「はるか？　遥だよね？」

アイちゃんが、雑誌を読んでいる遥のひじを突つく。

遥は面倒くさそうにイヤホンを取り「なに？」と気のない返事で、女子を見る。

「やっぱり、遥だ！」

女子は、ニカッと微笑《ほほえ》んだ。

その笑顔を見た瞬間、遥の記憶の回路がつながる。

マズイ……瞬時にして遥は思った。そういう危機察知《ききさっち》能力は高い方なのだ。即座《そくざ》に会話を先読みする。結果、導き出したベストな答えを口にした。

「……誰？」

遥は訊《たず》ねた。

遥がこの学校に転校してきたのは、一年の冬休み明けだった。

中途半端な時期の転校生にクラスの子たちはあからさまに戸惑《とまど》いを見せた。いや、ただの転校生なら戸惑いより興味が先に立つけど、遥自身が近寄り難いオーラを発していたことに、クラス全員が戸惑ったのだ。遥は、自分から友達の輪に入るような努力はしなかった。

それどころか、休み時間になるとイヤホンをつけ雑誌をめくり、周りを遮断《しゃだん》する空気すら作っていた。そのうちに「ワケあり転校生」のレッテルをはられ、遥はますます孤立していった。

クラスの中でもちょっと派手で目立つグループの子たちは、そんな遥を面白がって話しかけてきた。アイちん、ミナ、キョーコだ。

遥は流されるままにそのグループと行動するようになった。授業を抜けたり、校則違反のメイクやネイルを楽しんだ。髪の色はどんどん明るくなり、キラキラの爪をつけた。今さえ良ければいいという時間の過ごし方が無駄《むだ》とはわかっていても、現実を忘れられるだけでよかった。

そう、遥には忘れたい現実があった。中途半端に悪ぶるのは、グレているわけでもなく、思春期のモヤモヤでもない。もっと複雑で、正当なワケがあった。

話は小学校六年生にさかのぼる。

遥は中学受験をして、いわゆる名門と呼ばれる私立の中高一貫校に進学した。

遥の父は三十五歳で起業したいわゆる青年実業家で、どのくらい儲《もう》かっていたか遥にはわからないが、住む家が都心から電車で五十分の神奈川県にある賃貸マンションから都心の分譲《じょう》タワーマンションになり、通う学校が私立になったことを考えれば、その頃の遥の家はそれなりに潤《うるお》っていたはずだ。

中学受験を決めたのは母だった。自分で望んだわけでない受験は遥にとって地獄だった。しかし理由はどうあれ、受かれば天国。

電車に乗れば人が振り返るような制服に身を包み、きれいなトイレと冷暖房完備《れいだんぼうかんび》の学校に通うのは悪い気はしなかった。学歴至上主義《がくれきしじょうしゅぎ》みたいな考えは好きじゃないけど、自分が少しだけ他とは違う「特別」になれたような錯覚《さっかく》は、自信になったし、自分を好きになりかけていた。

ところが、だ。

中学三年生の秋、父の会社が倒産した。

住んでいたタワーマンションを手放し、都心から電車で五十分、さらに駅から徒歩二十五分の、よく言えば閑静《かんせい》な住宅街に遥一家は舞い戻った。それでも両親は、遥をそのままエスカレーターで私立高校に進学させてくれた。

日に日に品数が減る夕飯の食卓を見る度に、あと何回この制服に袖を通すことが出来るだろうと、厳しい現実を予測していたような気もする。

その時は、あっさりやってきた。

「遥、あのね、今の高校をやめてもらわなきゃならないの」

相談というより、決定事項の通達、といった感じで、母は言った。

「……うん、わかった」

遥はあっさり受け入れた。ダダをこねてもどうにもならないことはわかっていたし、ダダのこね方なんてとっくに忘れていた。

たった一つの心残りだった片想いの相手、高石勇人《たかいしゆうと》に失恋したことで、学校への未練はきれいさっぱりなくなった。

高校一年の冬休みを最後に、遥は転校した。

友達は涙を流して別れを惜しんでくれたけど、遥の目から涙がこぼれ落ちることはなかった。

県立桜川高校の、よく言えば伝統的な、一般的に見ればダサい制服を着て電車で通うようになったある日、同じ車両にそれまで着ていた私立の制服を見かけた。

ついこのあいだまで着ていた制服が、なんだかとても遠い世界のものに見えた。

新入生だろうか。少し長い袖のブレザー、真っ白なブラウス、深紅のリボン、どれもまぶしく輝いている。ぼんやりと眺めているうちに、遥の頬をつーっと何かが伝い落ちた。

転校して初めて涙がこぼれた。

もう未練なんてないと思っていたのに。

悔《くや》しくて、虚《むな》しくて、悲しかった。

人生なんて、いっこも自分の思い通りにはならない。

この日、遥は十七歳にして人生を悟った。

努力なんて、なんの意味もないように思えた。

自分の力じゃどうにもならないことばかり起こる。それが人生なんだ。


遥は翌日から、電車通学をやめて、髪を染めた。

話を戻す。

そんなわけで通っている高校だから、正直、どうでもよかった。真面目に生きること自体ばかばかしく思えて、無性《むしょう》に自分を痛めつけたくなった。

派手なグループの子たちと遊ぶのは退屈しのぎになった。何も考えずに楽しいことだけに身を任せ、流されることで嫌なことは忘れられた。

気を抜くとチラつく現実から逃げるように、ただ遊んで、毎日をやり過ごしていた。

なのに、よりによってあいつに見つかってしまったのだ。

「やっぱり、遥だ！」

女子は遥の顔を覗き込み、ニカッと微笑んだ。

「……誰？」

これがイケなかった。

「私だよ乙葉《おとは》！　忘れたのー？」

マズイ、このままじゃ。なんとか、話を逸《そ》らさなきゃ……そう思った瞬間、悪夢のような言葉が教室中に響いた。

「一緒にシコ踏んだじゃん！」

クラス中が遥を振り返る。
アイちんとミナはぽかんと口を開けて、遥を見た。
遥の目の前は一瞬にして真っ暗になった。
乙葉のこの一言が、長年封印《ふういん》してきた遥の黒歴史の扉をこじ開けた。

序の口

遥と乙葉

相撲バカ。

乙葉のフルネームより先に、遥の頭に浮かんだのはこの言葉だった。

「一緒にシコ踏んだじゃん」の爆弾発言直後、遥はこの相撲バカこと、島崎乙葉《しまざきおとは》をひとけのない廊下に連れ出した。

「遥、久しぶり！　え、なんで？　いつからうちの学校？」

あきらかに迷惑な顔をしている遥にお構いなしで、乙葉は話し続けた。


遥と乙葉は小学校五年生の時に同じクラスになった。

かわいくて明るくてスポーツ万能の乙葉の周りにはいつも人が集まっていた。

対照的に、引っ込み思案で、いじられキャラの遥は、友達の話に笑って頷《うなず》くだけの、良くも悪くもフツーの子だった。

高学年になると、子供の遊びはエスカレートして、時に大人には想像もつかないような残酷《ざんこく》なことをし始める。その代表的なものが一日無視ゲームだった。

リーダー格の子が標的を一人決め、その子をクラス全員で一日無視をするという、いかにも子供っぽくて残酷なゲーム。

「おはよう」

遥はいつものように隣の席の子に声をかけた。絶対に聞こえているはずの距離なのに、返事がない。

順番だ。

遥はすぐに悟り、それ以上誰にも話しかけなかった。

そんな日に限って、二人一組になって体操をする、みたいな授業があったり、やたらと移動教室が多かったりした。四人一組で食べる給食の時には、遥の机だけみんなと五センチくらいの隙間《すきま》があって、そこだけカットされたケーキのようだった。遥以外の三人のおしゃべりが外国語のように耳を流れていく。

たった一日が、ひと月ほどにも感じられる日だった。

五時間目は国語。

「この時の主人公の気持ちを、隣の席の人と話し合ってみよう」

先生までグルかと思うような課題だった。でも、これをきっかけに、もしかしたら案外フツーに話せるかもしれない。甘かった。淡い期待は、瞬時に消えた。隣の子は後ろを振り返り、話し始めたのだ。遥の後ろの席の子が欠席だったので、総勢三十六人のクラスは遥と休みの子を除いて、全員がペアを組んだ。

ぶわっと涙腺《るいせん》が膨れた。一粒落ちると、あとはとめどなく、涙が頬を伝う。

「どうした？　星川、どこか痛いのか？」

担任の先生が遥の机の前に立つ。

クラスメイト全員の、こいつマジかよ、って視線が全身に突き刺さる。

たった一日の無視で泣き出すとか、反則でしょ。

ただのゲームなのに、バカじゃん。

弱すぎ。

無言の視線が、そう攻めている。

「保健室に行くか」と言う先生の提案を、首を振って断るのがやっとだった。

明日になれば終わる。

遥はそう心の中で繰り返し、その日をやり過ごした。

けど、無視は一日では終わらなかった。どうやら泣いた人間は一日では済まないのがゲームのルールらしい。

次の日も、その次の日も遥は無視され続けた。

無視が始まって四日目。その日は朝から雨だった。

雨の日の無視は特に地獄だった。休み時間になっても教室を出て行く生徒は、ほとんどいない。教室の中にいくつかのグループが出来て、トランプをしたり、おしゃべりをしたりして騒いでいる。そんな中、一人で過ごさなければならないのだ。

遥は自分の机で、図書館で借りた本をめくり続けた。

本から視線を上げないように、周りの会話が耳に入らないようにする。しかし、そう意識すればするほど周りの音がやけに耳をついた。本のタイトルすら全く頭に入ってこない。

会話を聞いていると思われるのが嫌で、遥はページをめくり続けた。

放課後、みんなが帰ったのを見計《みはか》らって教室を出る。昇降口《しょうこうぐち》で傘を取ろうとするとクラスの傘立てに傘は一本も残っていなかった。

「あれ……」

他のクラスの傘立てに残っていた数本の傘は、遥の傘とは違う色のものばかり。

隠された？……無視だけじゃなくて、明らかにいじめが始まったのだと遥は察した。

朝よりも激しく降っている雨を見ながら、傘をなくしたって言ったらお母さんに怒られるだろうな、とか、ランドセルにだけでもカバーをかけなくちゃと思いつつ、体は動かなかった。

「一緒に帰ろう」

　まさか自分にかけられた言葉だとは思わず、聞き流す。

「星川さん。一緒に帰ろ」

名前を呼ばれてようやく自分にかけられた言葉だと気づく。

振り返ると、そこには乙葉が立っていた。

インフルエンザを患って学校を休んでいた乙葉は、この日が一週間ぶりの登校だった。

「……？」

聞き返そうとするがうまく言葉が出てこない。

乙葉は傘をパッと開くと、

「入って」

と言って、ニカッと笑った。

「……いい、大丈夫」

「いいから」

乙葉は遥の手を引いた。遥は慌てて手を引っ込め、かぶりを振った。

「……私と、しゃべったら、島崎さんも無視されるよ」

「いいよ別に」

乙葉があまりにあっさりと言ってのけたので、遥は心に重しのようにのっていたものが少し軽くなった気がした。

「帰ろ」

乙葉は、遥の腕に自分の腕を絡ませ、さっきとはくらべものにならないほど強い力で引いた。嫌と言わせないほど強引で、でもどこか優しい力だった。


歩く道々、遠慮《えんりょ》がちに傘に入る遥が濡《ぬ》れないように、乙葉は遥の方へ傘を傾けてきた。遥が乙葉の方へ傘を傾き返すと、乙葉はすぐにまた傘を遥の方へ傾けてくる。同じやり取りを何度も繰り返しながら、二人で歩いた。

会話は特になかった。

もともと、同じクラスでも乙葉と話したことはほとんどない。明るく活発で体育会系の乙葉は、遥とは真逆タイプ。同じクラスでも全く接点がないし、話す必要もなかった。

遥は頭の中で共通の話題を必死に探した。しかし、共通の話題と言えば学校のことになるし、いま学校の話をすれば必然的に無視ゲームの話になる。それだけは避けたかった。

結局、悩んだ末に話しかけるのはやめ、お互いに黙って歩き続けた。

通りかかった公園にパンの移動販売車が止まっていた。ここにいるよ、と言わんばかりの大音量で音楽を流している。曲は「トゥモロー」、ミュージカル「アニー」の主題歌だ。学習発表会で六年生が合唱したのは日本語だったが、流れているのは英語版だった。

雨のせいか客は一人もなく、店主が売れ残っているパンの値札を赤札に替えているところだった。

「あそこのパン美味《おい》しいよね」

乙葉はトゥモローを口ずさみながら言った。「トゥモロー」以外の歌詞は、ほぼでたらめな感じで。

「……食べたことない」

遥が言うと、乙葉は大げさに驚いた顔をした。

「うそでしょ⁉　コーヒーパンが最高だよ。あれのおかげで三キロは太った」

乙葉が嬉《うれ》しそうに言ったことが可笑《おか》しくて、遥は久しぶりに笑った。

しばらく使っていなかった頰の筋肉にキュンと心地好い痛みが走り、思わず頰を触る。ほぐすように頰を押すと、気持ちまでほどけていくような気がした。

「ちょっと寄り道しない？」

遥の返事を待たずに乙葉は遥の腕を引き、家とは逆方向に歩き出した。

「ここ」

乙葉に連れられてやってきたのは平屋の大きな道場だった。

入口には堂々とした文字で「森《もり》道場」と書かれた看板が掲げられている。

「道場って……剣道？」

乙葉は遥の質問には答えず、手早く傘を閉じると靴を脱いだ。

「入って」

乙葉に言われるがままに靴を脱ぎ、道場に足を踏み入れた瞬間、遥の目に、ほとんど裸の男子が飛び込んできた。

「えっ！」

裸にまわしを着けた男の子たちが、丸い円の中でぶつかり合っている。恰幅《かっぷく》のいい男子だけではない。細い体にまわしを何重にも巻き、まるで独楽《こま》のような形になっている子もいる。

「……すもう？」

「初めて見た？」

にやにや笑いながら、乙葉は隅の方へ移動する。

乙葉は、なんの躊躇《ちゅうちょ》もなく上着とズボンを脱ぎ、中に着ていたTシャツと短パンになると、壁際の手すりに干してある白い布を腰に巻き始めた。

遥はそれがまわしだと気づくまでに、少し時間がかかった。

「あの、それって、さ……」

乙葉はそれを慣れた手つきで折りたたむと、端を股間《こかん》にはさみ、もう一方を遥に差し出した。

「ちょっと持ってて」

遥は乙葉に言われた通り、まわしの装着を手伝う。乙葉が右回りにくるくる回ると、まわしは着物の帯のようにきれいに腰に巻き付いた。乙葉は遥に指示を出しながらそれを折り込んだり、差し込んだりして形を整えていく。巻き終えたまわしをパンパンと手で叩《たた》いている時だった。

「乙葉ーっ！　遅刻とは何事だー！」

突然、かみなりのようなダミ声が稽古場中に響く。

「はい！　いま行きます！」

乙葉は手際よくまわしの端を処理すると「ありがと。ここで見てて」と遥に言い残し、駆けていった。

「よろしくお願いします！」

乙葉は、小柄な老婆の前に立ち、頭を下げた。

「すっかりチャンピオン気取りかい」

老婆は、乙葉が雑にねじ込んだまわしを直せというように、持っている竹刀《しない》で突つきながら言った。

「そうだ、乙葉、調子に乗んなよ！」

練習している男子の一人が声を上げる。

「黙れ、健太郎《けんたろう》！」

老婆に健太郎と呼ばれたその男子は、「あーい」とふてくされたように返事をする。老婆は再び乙葉を厳しい顔で睨《にら》む。老婆の目に、遥の存在は見えていないようだった。

「いいかい、どんな勝負事も勝った後が一番大事なんだよ。人間ってのはね、一度勝つとどうしても気が緩む。そうやってダメになっていった選手を私は何人も見てきた」

乙葉の「はい！」と大げさなほどの真面目な返事を、老婆は「ふん」と鼻であしらうと、「シコ！」と吐き捨て、土俵の子供たちの元へと戻っていった。

乙葉は土俵の外で少し体をほぐすと、四股《しこ》を踏み始めた。

中腰の姿勢から足を交互に高く上げ、地面を踏みしめる。

ピンと伸びた足、まっすぐに前を見据える姿勢、一つ一つの動作は美しく、相撲を取るには華奢《きゃしゃ》すぎる体なのに、乙葉の四股には力強さがあった。

遥は、改めて道場を見回す。壁一面に飾られている賞状や写真から、道場の長い歴史と輝かしい実績が一目でわかった。

年代順に飾られた写真は、白黒のものから、色褪《いろあ》せたカラー写真に変わり、徐々に鮮やかな色になっていく。

一番新しそうな写真で、まわし姿の男子たちの真ん中で大きな優勝カップを手に笑っているのは、間違いなく乙葉だった。

「乙葉の友達？」

声をかけられ、遥は我に返った。

「あ、同じクラスの……」

「ふうん、俺も五年。あいつとは幼稚園から一緒」

「あの、強いんだね、乙葉、ちゃん……」

言ったとたん、「ぶっ」とその男子は噴き出した。

「ちゃんとかつけんなよ、乙葉に……あいつはさ」

この森道場で唯一の女子で、全国女子相撲大会三連覇《れんぱ》中のチャンピオンだと、その男子は教えてくれた。乙葉の父は元力士で、乙葉は、二年生の時にこの道場に入門して相撲を始めたそうだ。

「俺は森健太郎《もりけんたろう》」

「あ、星川遥……」

気づけば裸同然の男子と会話していることにどぎまぎしながら、遥は目を逸らした。

「あの鬼ババアは俺のばあちゃん」

竹刀を持った老婆をさして健太郎は言った。

「ばあちゃんにさっきからずーっと叱《しか》られてるチビは弟の新平《しんぺい》」

老婆はさっきからやんちゃそうな小柄な男の子につきっきりで指導している。

「お、始まるぞ」

健太郎に言われ土俵を見ると、乙葉が自分よりも大きな男子と向かい合って構えている。

「ぶつかり稽古だよ」

押す側と押される側に役割を分けて行う稽古だと健太郎が説明してくれた。

恰幅のいい男子が、土俵の真ん中で両手を広げて待ち構える。

乙葉は自分より一回り以上も大きなその男子に、なんの躊躇もなくぶつかっていく。

バチン！

乙葉が男子に当たった瞬間、乾いた高い音が鳴る。

乙葉の両手は男子の胸の下辺りに食い込んでいる。男子を押し出すように全力をこめる。

乙葉の押す力で男子がずるずると後退していく。男子を土俵の外まで追いやると、乙葉は土俵際でもう一度しっかりと腰を落とした。

それを何度も何度も繰り返す。

ぶつかっては押し、ぶつかっては押す。

踏ん張る足の指は赤い色を通り越し、黄色くなってずりずりと土を割っていく。

すごい……素直にそう思った。

それまで感じていたまわしに対する抵抗や、裸の男子に対する恥じらいは、乙葉の本気のぶつかりで一瞬にして吹き飛んだ。

相撲って、かっこいい。

道場からの帰り道、遥と乙葉は来た時と同じように一つの傘に身を寄せて歩いた。来た時よりも雨脚《あまあし》は強くなっているのに、遥の心は不思議と軽かった。

「ね、一緒にやらない？」

乙葉はさらっと言ってのけた。まるでトランプにでも誘うみたいに軽やかに。

「一緒にって？」

「相撲」

「え？」

「やろうよ」

「や、無理無理……」

「無理じゃないよ、誰にでも出来るよ」

「いや、私には無理だから」

「強くなりたくない？」

乙葉の言葉が、遥の胸に突き刺さった。

この四日間無視され続けた教室で、何度も思った。いや違う、他の誰かが無視の標的にされた時から思っていた。

——強くなりたい。

無視ゲームになんか参加したくないのに、断る勇気がなくて、友達を無視した。

こんなゲーム、バカみたい。なんの意味があるの？　って叫びたかった。でもその勇気がなかった。

「私、弱い奴見てると、すっごいムカつくんだよね」

乙葉はしっかりと遥を見据《みす》えて言った。

遥は自分の顔がカッと熱くなるのを感じた。傘に添えていた手を放すと、雨の中を早足で歩き出した。

乙葉が遥の腕をグイッと引く。

「離してよ！　ムカつくんでしょ、ほっといてよ！」

腕を振り払おうとするが、乙葉に摑《つか》まれた腕はびくとも動かない。

「ごめん」

乙葉は遥に頭を下げた。

「私も今日一日、星川さんを無視した。私も弱いの。私、そういう自分にムカついてんの！」

乙葉は、もう一度「ごめんなさい」と謝った。

「でも明日からはちゃんと自分の考えで、話したい人と話したい時に話す」

「別にいいよ……しゃべってくれなくたって」

泣きたくなんかないのに、意思とは反対に泣き声になる。乙葉にそれを気づかれたくなくて顔を背けた。

「泣くくらいなら、強くなればいいじゃん！」

乙葉は遥を見据えて、当たり前のように言った。

「そんな簡単に、強くなんてなれないよ」

「簡単だよ。相撲ってね、練習すれば絶対に強くなるんだよ。強くなれば誰も星川さんをいじめたりしない」

　わかってる、無視が四日も続いたのは自分が弱いからだ。

　こいつだったら、きっと文句も言わずに堪えるだろうと思われているし、実際その通りだ。

それまで友達だと思っていた人すら、誰一人味方にはなってくれなかった。

「一緒にやろう。あとさ、順番逆かもだけど……」

「……」

　遥は乙葉の顔を見た。

「……友達になって」

　乙葉は恥ずかしそうに言うと、ニカッと笑った。

　遥の目からはもう隠せないくらいの涙が流れていた。

「なんで泣くの？」

　なんでかなんて、遥にもわからない。

「だって……」

　嬉しい時にも涙は出るんだ、遥はこの日初めて知った。

遥と乙葉は翌日から一緒に道場で相撲の稽古をするようになった。

「女の子が相撲か、かっこいいな」と笑う父とは逆に、母は「女の子なのに相撲なんて……」と反対したが、少しでも成績が落ちたらやめること、続けるのは受験前の秋の大会まで、を条件に許しをもらった。

相撲を続けるためには成績を落とせない……遥は必死に勉強をした。

それまでは親に言われてなんとなくしていた受験勉強だが、崖っぷちに立たされたことで成績は一気に伸びた。おかげで、母は何も言わなくなった。

遥と乙葉はいつも一緒に過ごすようになった。稽古して、あの移動パン屋を見つけてはでたらめにトゥモローを歌いながら、コーヒーパンを買って食べた。

遥を無視していたクラスの女子たちは他に標的を見つけて、まだ無視ゲームを続けていたが、遥と乙葉はもう二度とそのゲームには参加しなかった。二人は、無視されている子に積極的に話しかけるようになった。ねちっこいことが嫌いな男子たちが遥と乙葉を支持するようになると、女子たちはあっさり無視ゲームをやめた。

遥は相撲にのめり込んだ。最初は自分よりも体の小さい男子にすらすぐに倒されて泣いていたが、練習を重ねるごとに、泣く回数が減り、倒される回数が減り、相手を倒すことも増えてきた。

道場の師匠で鬼ババアこと、健太郎の祖母・一二三《ひふみ》先生も、遥と乙葉の指導に力を入れた。女子相撲をオリンピック競技にすることは一二三先生が長年掲げてきた目標で、酒に酔うと必ずその夢を鬱陶《うっとう》しいくらいに熱く語るのだと、健太郎が教えてくれた。

一二三先生は子供たちにいつも言い聞かせた。

「いいかい、強くなるっていうのはなにも力だけじゃない。相撲は心が強くなきゃ勝てない。心が強いってどういうことかわかるかい？　自分に自信を持つこと、つまり、誇れる自分であるかどうかが大事なんだ」

一二三先生の言葉は遥の心にスッと入ってきた。

自分に自信を持つためには日々の鍛錬《たんれん》が重要なのだ。

相撲では、毎日の練習が一瞬の取り組みにすべて出る。どれだけ努力してきたか。誇れる自分になっているか。

その自信が強さとなって表情に現れ、そして相手を圧倒するのだ。

「誇れる自分」

遥はその言葉が好きだった。自分に誇りを持てたら、弱虫でどうしようもなく泣き虫で、大嫌いな自分を少しは好きになれるような気がした。

乙葉が強いのは一日も休まずに努力を続けてきたからに他ならない。遥はそんな乙葉の強さに憧れ、追いつこうと必死に練習した。

遥が相撲を始めて一年が過ぎた六年生の秋、遥は乙葉と一緒に全日本小学生女子相撲大会に出場した。それまでも小さな大会には出場してきたが、全国大会は遥にとって初めての大舞台だった。そして遥はその試合を最後に、相撲をやめることを両親と約束していた。受験に専念するためだ。


一回戦、二回戦……難なく勝ち上がった二人は、決勝で戦うことになった。

練習では何度も取り組みをしてきたが、公式の試合で取り組みをするのは初めてのこと。遥にとって乙葉はずっと目標にしてきた憧れの存在で、そんな乙葉と上がる土俵は夢の舞台であり、同時にその強さを知っているだけに一番当たりたくない相手でもあった。

「東、森道場、島崎乙葉さん。西、森道場、星川遥さん」

名前を呼ばれ、土俵に上がる。

乙葉にとっては大会四連覇がかかった大事な一番。

会場中が乙葉の勝利を期待し、確信していた。そんな会場の空気は、何も背負うものがない遥にとっては追い風だった。

負けは覚悟の上。乙葉と、どれだけいい取り組みが出来るか、気持ち良く土俵を下りられるか、そんなことだけを考えた。

土俵に上がり、互いに礼をする。

決勝に勝ち進んだらしようね、とふざけ半分で練習していた塵手水《ちりちょうず》のことなど互いにすっかり忘れて、仕切り線に歩み寄り、蹲踞《そんきょ》する。

「構えて。手をついてまったなし」

互いに真剣な表情で、見合う。

遥は仕切り線の少し手前に、握りしめた両手をついて構えた。

乙葉は仕切り線の少し手前に軽く握った右手だけをつき、目線を上げた。

右手だけ先について構え、飛び出す直前に左手をつくのが乙葉の癖だ。

「はっきょい！」

掛け声と同時にぶつかってきたのは乙葉の方だった。その勢いに押され、遥は一気に土俵際まで押し出される。遥はなんとかこらえて、俵にかかった方の足に力を入れ、力のかぎり押し戻す、と立ち位置が逆になり、遥が押す形になる。

「のこったのこった」

審判の声が響く。

互いにまわしをがっちり摑み合い、土俵際で立ち位置が何度も入れ替わる。あと少しで寄り切れそうなのに、その少しの力が互いに出ない。完全に力が均衡《きんこう》を保っている状態に会場から拍手が起きる。

「のこったのこった」

乙葉が先に仕掛ける。

遥は乙葉に押され、土俵際で吊り出されそうになる。

——負けたくない！

遥は、投げられないよう腰を落とすと、体をひねり、乙葉のまわしを摑んだ右手にありったけの力を込め、乙葉を土俵の外へ投げた。

投げられた乙葉が先に土俵の外に足をつき、一拍遅れで遥も土俵外へと倒れ落ちた。

会場が静まり返る。

乙葉は信じられないといった表情で、土俵外についた自分の足を見る。

遥は勝ったかどうかもわからず、乙葉と顔を見合わせた。

二人は同時に審判を見て、勝敗を確かめる。

審判は左手を掲げ、西の勝ちを示した。

次の瞬間「おおー」と地鳴りのような声援と、拍手が響いた。

「礼」

乙葉と遥は向かい合い、礼を交わす。

勝者の遥だけが土俵に残り、蹲踞する。

「西の勝ち」

審判が勝ち名乗りを上げた。

最初で最後の大舞台で、遥は優勝したのだった。

土俵を降り、選手の入退場口を歩いていくと、先に土俵を降りた乙葉が遥を待ち構えていた。

「私、公式戦で負けたの初めてだよ」

乙葉は口を尖《とが》らせて言った。

ごめん、と言うのも違う気がして、遥は言葉を探す。

乙葉が遥に抱きついた。

「おめでとう！」

乙葉に勝ったんだ……遥は初めて実感した。

「めっちゃ悔しいけど、初めて土をつけられた相手が遥でよかった！」

乙葉に言われた途端、遥は声を上げて泣き始めた。

「なんで泣くの？」

そう言う乙葉の目からも涙が溢《あふ》れ出ていた。

嬉しさと悔しさと、なんだかわからない気持ちがごちゃ混ぜになって、お互いに抱き合って泣き続けた。


翌年の春、二人は別々の中学に進学した。

遥は第一志望の私立中学に合格し、一家は学校にほど近い都心のタワーマンションに引っ越した。

遥は両親との約束通り相撲をやめ、乙葉はますます相撲にのめり込んだ。

バスと電車を乗り継いで二時間という距離は、中学生には遠すぎた。まだ携帯も持っていない同士、月に一度程度の手紙のやり取りをしていたが、それも長くは続かなかった。最初に手紙を書かなくなったのは遥だった。

中学校での遥は、周りについていくことに必死だった。友達が一人もいない環境で、しかも周りは成績が良く、裕福な家庭で育った洗練された都会っ子ばかり。そんな中で気後れしないために必死だったのだ。勉強と部活で毎日があっという間で、想い出に浸る余裕もないほどだった。

乙葉とは年賀状をやり取りするだけの関係になり、結局、小学校を卒業してからの四年間、遥と乙葉が会うことはなかった。

そんな二人が今、高校の廊下で対峙《たいじ》している。

「マジ、迷惑なんだけど」

遥は、教室中に響き渡る声で乙葉が発した「シコ踏んだじゃん」発言を責める。

「何が？」

「だから……」

言いかけて言葉を切った。相撲バカの乙葉に、遥の怒りが理解出来るはずがない。

「遥って、髪、こんな茶色かったっけ」

乙葉が遥の髪の毛を触る。

「……んなわけないじゃん」

乙葉の手を振り払う。

「スカート、めっちゃ短いし。なんか……ギャルっぽい」

「あのさ、何が言いたいの？」

「なんか、遥じゃないみたい」

乙葉は少し怒ったように言った。

「……関係ないでしょ」

遥がその場を去ろうとした時、乙葉が声を上げた。

「私、相撲部だよ！」

「……⁉」

遥は思わず振り返った。この高校に女子相撲部があることより、乙葉がまだ相撲を続けていることに驚いた。

「っていっても、まだ男子相撲部にくっついているだけの同好会だけどね。先輩が一人いる。あと一人女子部員が入れば、正式に部として認められて、団体戦にも出られるんだけど……」

そこまで言うと、乙葉は遥の顔を覗き込んだ。

「遥、一緒に相撲……」

「やんない！」

乙葉の言葉をさえぎって遥は言い放った。

やらない、相撲なんて今さらやっても意味がない。

「とにかく、相撲のことも、私が相撲していたことも、今後二度と口にしないで！」

遥は乙葉に念を押し、その場を立ち去った。

一瞬見えた乙葉の悲しそうな表情を振り払うように、遥は駆《か》け足で階段を下りた。

序二段

相撲なんかしません

四月は新入生を獲得するため、各部が必死の勧誘活動を行う。

昼休みは、校庭や体育館で、毎日のようにデモンストレーションや呼び込みが行われ、まるでお祭り騒ぎだ。

バスケ部はフリースロー大会を催し、ダンス部、チアリーディング部は耳慣れた音楽に合わせて踊りを披露する。合唱、ブラスバンド、書道、空手、剣道、それぞれが工夫を凝らして部のアピール合戦を繰り広げるのだ。

それでも何もしないサッカー部やテニス部に一番多く人が流れるのは、マイナー競技とメジャー競技の差なのだと思う。

そんなことを考えながら、遥は校庭の端にある演台に座ってパックジュースを飲んで、部のアピール合戦を眺めていた。昼休みにちょうど木陰が出来るこの場所は、遥のお気に入りの場所だった。アイちんたちが、チアリーディング部の活動に参加する時は、遥は一人ここで過ごすのだ。

校庭の端に巨大な円が作られているのが目に入る。何だろうと見ていると、円の中央に二本の白線が引かれた。

「土俵？」遥がそう思うが早いか、まわしを着けた男子が四、五人駆けて来て、簡易《かんい》土俵の周りに立った。全員、頭に力士の髷《まげ》を模したかつらをかぶっている。

相撲部のデモンストレーションが始まる。

「初《しょ》っ切《き》りだ」

相撲競技をやめてからも、大相撲のテレビ中継は欠かさず見ている。

一度、父が大相撲地方巡業のチケットを取ってくれたことがあった。「相撲なんて興味ないけど」と乗り気じゃない母を連れて、家族三人で観に行った。

巡業では十両が土俵入りする前に余興が行われる。初っ切りもそのうちの一つで、相撲の禁じ手を面白おかしく紹介するコントのようなものだ。相撲の決まり手四十八手や禁じ手を観客にわかりやすく紹介するために江戸時代から行われていたらしい。

「プロレスみたいだな」と、大笑いしていた父の顔を懐かしく思い出す。

相手をけり倒したり、力水《ちからみず》を口から噴き出して相手にかけたり、プロレス技を真似《まね》てみたり……そういう、相撲でしてはいけないことを大げさにやるからだ。

行く前は渋っていた母も「お弁当が美味しい」と満足気だった。両親にはさまれ、大好きな相撲を観戦したあの日、たぶん、すごく幸せだった。父と母が視線を合わせ笑顔で言葉を交わすのを見る度、照れくささとともに心の底がじんわりと温かくなるのを感じた。

相撲部の初っ切りに吸い寄せられるように、校庭の簡易土俵の周りに人が集まる。初っ切りが終わる頃にはすっかり人垣が出来ていた。

そこへ、レオタードにTシャツを着て、黒いまわしを着けた女子が駆けてきて、土俵の真ん中に立った。頭にはちょんまげのかつらをつけている。

乙葉だ。

「ぶっ」

遥は飲んでいたパックジュースを思わず噴き出した。

乙葉が土俵に立つと、観客は一気にヒートアップし「おおー」と地鳴りのような歓声を上げた。それにつられ、通りがかりの女子生徒たちも「なに？　なに？」と土俵を囲む輪に加わる。

「こんにちは！　私たちは桜川高校相撲部です。この相撲部が他の学校と少し違う点は、女子相撲同好会があるということです！」

乙葉が言葉を切る度に、男子たちの「乙葉ちゃん！」「かわいい！」と歓声が飛ぶ。アイドル並みの声援だ。

だろうな、と遥は思う。

乙葉は、どこからどう見ても相撲をしているようには見えない美少女に成長していた。制服を着ていれば、シコさえ踏まなければ、乙葉が女力士だとは誰も気づかない。全身にしっかりと筋肉はついているはずだが、百六十五センチ以上ある恵まれた身長が全体をスリムに見せている。制服のスカートからのぞく足もきれいに引き締まり、力士というよりはスプリンターのような体形だ。

そして何より、顔がかわいい。切れ長で二重瞼《ふたえまぶた》のぱっちりした目、控えめながらスッと通った鼻筋、口角がキュッと上がった口は大きすぎず小さすぎず、そんな完璧なパーツが絶妙な配置で並ぶ顔は、同性でも見とれてしまう。

そんな乙葉がどうしてわざわざまわしを着けてさらし者のように、大勢の人の前に立つのか、遥には理解出来なかった。

「もったいない」

遥はつぶやいた。

「では、実際に取り組みをお見せします」

乙葉が「東、はるきの山～、西、ダイゴの花～」などと、男子生徒の名前をもじって即席のしこ名をつけると、観客は多いに沸いた。

男子たちの取り組みが始まる。遥がいる場所から取り組みは見えないが、おそらく半分余《よ》興《きょう》のようにふざけた取り組みをしているのだと、観客の笑い声で察知する。

「楽しんでいただけましたか？　そうなんです。面白いんですよ、相撲って。でもね、真剣勝負もお見せしておきたいと思うんですが、どうですか？」

乙葉の問いかけに男子たちが「おー」と呼応する。

「ありがとうございます。では、リクエストにお答えして、私が……」

言葉に続き、ゴトン、とマイクを置く音がした。

遥は無意識のうちに土俵に駆け寄っていた。人垣をかき分け土俵際まで進む。

しかし、前のめりになった観客が土俵に詰め寄ったせいで、逆に外に押し出されそうになる。

遥はほとんど四つん這《ば》いのように地面を這って、土俵際まで突き進んだ。

乙葉の取り組みが観たい。

小学生の時からどう変化したのか、どんな立ち合いを見せるのか、この目で確かめておきたい衝動に駆られた。

「すみません、すみません……」

遥は土俵際に立つ男子生徒たちの足の間から顔を出し、乙葉の右斜め前に陣取《じんど》った。

仕切り線に立った乙葉は、ちょんまげのかつらを脱ぎ捨て、軽くジャンプして体をほぐす。

乙葉の向かいに立つのはもう一人の女子部員だろう。こちらは乙葉よりもずいぶんがっしりとした体形に見える。

おそらく乙葉よりも上の階級だろうと遥は見てとった。

「構えて……」

乙葉は仕切り線より手前に右手をつき、構えた。

変わってないな、と遥は思う。

「はっきょい」

乙葉は左手を軽くつくと同時に、飛び出す。

ゴチ、と鈍い音を出し、両者が激しくぶつかった。

「おおー」とどよめきが起きる。

いい勝負。

体格にこそ差はあるが、力は互角に見える。

乙葉がじりじりと攻め、相手を土俵際まで追い詰める。

行け！……遥は心の中で叫んだ。いつの間にか乙葉を応援している自分が可笑しかったが、

久しぶりに見る乙葉の試合にはそれほどの引力があった。

小学生の時と変わらない……強くて、美しい相撲。

「のこったのこった、のこったのこった……」

乙葉がじりじりと右手を動かし、相手のまわしを手繰《たぐ》り寄せる。

「もう少し、そこを取れば」

遥の手に思わず力が入る。乙葉は低い姿勢で、相手の懐に入り込んだまま、まわしをがっちりと摑む。

——行けっ！

遥が心の中で叫んだ瞬間、乙葉が相手を投げた。

きれいな下手《したて》投《な》げ。

「よし」

遥の口から思わず、声が漏れた。その言葉を打ち消すようにかぶりを振り、急いでお尻からバックして隠れようとした、その時。

「はるか！」

乙葉が叫んだ。

周りで見ていた観客たちの視線が一斉に遥に注がれた。

遥は、他人のフリでその場から逃げ出す。

「はるかー、はるかー！」

乙葉は「ちょっとごめんなさい」と観客をかき分け、まわしを着けたままで遥を追いかけた。

「星川遥っ！」

乙葉の叫び声に、遥は観念《かんねん》したように立ち止まった。

「こっちは裸足《はだし》だっつーの」

乙葉は膝に手をついて息を整えた。遥はまわしを着けたまんまの乙葉の姿を、しげしげと見てから「ぶっ」と噴き出した。

「なに？」

乙葉がムッとしてまわしをバンと叩く。

「だって……全然変わってない、乙葉の相撲」

昔のまんま。

まっすぐで、潔くて、粘り強くて、そして……絶対に負けない、そんな安心感がある。

「遥に、見て欲しかったの」

乙葉は息を整えながら、遥を見据える。

「思い出して欲しかったの。……私、もう一度、遥と相撲がしたい」

乙葉のまっすぐな目を見ていると、今にも頷いてしまいそうで、遥は目を逸らした。

「バカじゃん、相撲なんか、するわけないじゃん」

「どうして？」

「どうしてって……フツー女子高生ならさ、もっと他に楽しいことあんじゃん」

「楽しいことって？」

「それは……」

言いかけて言葉は切れた。

ただ遊んで過ごす毎日がひどくバカげたことのように思えた。

忘れたい現実とか、ウジウジしている自分や、染めた髪も、キラキラした爪も……そんなことが全部、乙葉の本気の相撲と比べたらゴミみたいなものに思えた。

「遥、また一緒にやろうよ」

「……」

遥はふっと笑って「やんない」と答えた。

「いま迷ったよね？　ちょっと間、あったもんね？」

「迷ってないし」

「一緒に日本一目指そうよ」

「は？」

あまりに壮大な夢を口にされて、思わず訊き返す。

しかし、乙葉は真剣そのもの。

「日本一のチーム作りたいの」

「……一人で目指せば、ってか乙葉もう日本一じゃん」

「そうじゃなくて……」

乙葉はもどかしそうに唇を噛《か》んだ。

「遥と相撲がしたいの」

乙葉は照れもせず、真剣な顔で言った。

「それにね、三人いれば団体戦に出られるの。今までもチームを作りたいって思ったことはあったけど、無理に誰かを誘ってまでとは思わなかった。けど……遥に会っちゃったらさ、また一緒に出来るかもって期待するよね、そりゃ……」

乙葉が懐かしそうな視線を遠くに投げて、ゆっくり瞬《まばた》きをする。

その瞬きがスイッチになり、遥の頭の中に乙葉との思い出が再生された。

乙葉の頭の中もいま同じ光景が映し出されているはずだ。

笑い話をしながらまわしを締め合ったこと、毎日神棚に向かって手を合わせたこと、一二三先生のしごきに泣きながらシコを踏んだこと、夏の稽古場の土の匂い、稽古の帰りに食べたアイスクリームの味、最後の大会で抱き合って泣いたこと。

遥は中学で一度だけ相撲の話を友達にしたことがあった。

同じクラスで仲良くなった子にチラッと話しただけなのに、翌日にはクラス中に知れ渡っていた。

「女子の相撲って、どんな格好でやるの？」「なんで相撲？」「男子と練習って、デブに触るの気持ち悪くない？」興味本位で同じことを何度も訊かれた。その度に、乙葉との思い出が汚されていくような気がして悲しくなった。

以来、二度と相撲の話はしないと心に誓った。

だから乙葉の「シコ踏んだじゃん」発言を、アイちゃんとミナに追及されても「知らない」としらを切り通した。

相撲の思い出は、いじめられた過去と一緒に黒歴史として封印したのだ。

でも、十七年間の人生の中であれ以上にキラキラした思い出は他にない。

「楽しかったね」

独り言のように乙葉が言う。

授業開始を告げるチャイムが鳴った。

「……話、それだけ？」

遥は冷たく言うと「じゃ、行くわ」と、先に教室へ戻った。


午後の授業は全く頭に入らなかった。

楽しかったね――。

乙葉の言葉が、遥の心を揺さぶっていた。


家に帰る道すがら、自転車を漕《こ》ぎながら遥は昔のことを思い出していた。

遥たちが暮らすマンションは、小学生の時に住んでいた家と駅をはさんで逆方向にある。都心のタワーマンションから再びこの地に戻ったのは、母の知り合いも多く、土地勘があることが理由だった。

けど実際に戻ってみると、ほんの数年しか経《た》ってないのに、町は様変わりしていた。駅はきれいになって、駅前には高層マンションが建ち、乗降客も格段に増えていた。

乙葉と通った森道場は、駅の向こうにまだあるのだろうか。

そんなことをぼんやりと考えながら、自転車を漕いだ。

「ただいまー」

返事はない。

会社の近くにマンションを借りている父はたまにしか帰ってこないし、最近働き始めた母の帰りは毎日八時近くだ。空っぽのリビングに、朝ごはんに焼いた魚の匂いがほんのり残っていた。

帰宅すると決まった手順で家のことをこなすのが遥の日課になっていた。母にやれと言われたわけではないが、誰かがやらないと家が荒れていくことに、母が働き始めてから気づいた。

着替えたら窓を開け放ち、掃除機をかける。朝、母が干して行った洗濯物を取り込み、風呂の掃除をする。昔のドラマの再放送を流し観しながら洗濯物をたたみ、ドラマが終わったところで、夕飯の準備に取り掛かる。

私立の学校に通っている頃には考えられなかった生活だ。前に通っていた都内の私立高校までは、自転車と電車で片道一時間以上かかった。その当時は、専業主婦だった母が家の事はすべてしてくれた。洗濯物なんて取り込んだこともなければ、掃除機のある場所すら知らなかった。帰宅して玄関を開けた瞬間の匂いで夕飯のメニューが予測出来たし、手を洗って席に着けばすぐに温かいみそ汁と炊き立てのご飯が出てきた。

それが今は、まず炊飯器にご飯があるかを確認し、なければ米を研《と》いでタイマーをセットする。冷蔵庫の中を見て、おかずは何が出来るだろうと自分で考える日々。

母が働き始めてから覚えた料理のレパートリーはまだ決して多くはないが、料理のセンスは悪くないと自負している。キャベツと豚肉を見つけ、炒め物でいっか、と楽なメニューを思い浮かべ、自分の部屋に入った。


ベッドに寝転がり、なんとなくスマホを見る。

ラインのタイムラインに新着の投稿があることに気づき、うっかり開く。

投稿主は、椎名《しいな》結衣《ゆい》だった。

どこかのカフェで撮った大きなパフェを前に微笑む結衣の写真が載せてあり、「ほとんど一人で食べちゃった」とキャプションがついていた。

誰とは書いてないが、一緒にいたのが高石勇人であることは、キャプションと写真に溢れるハートマークからわかる。

他にも何枚か写真がアップされていたが、それ以上は見たくなくて、スマホを枕の下に滑り込ませた。

結衣とは中学から転校するまでの四年間で、一番長く一緒の時間を過ごした友達だった。中学では同じ陸上部だったし、高校でも一緒に陸上部に入った。

親友の定義はよくわからないけど、学生生活の大半をともにしている結衣と自分は、多分親友なのだと思っていた。

「私、勇人に告白しようと思う」

結衣が突然、遥に言ってきた。

高校一年の十二月、クリスマスを間近に控えた日のことだった。

「いいよね？」

いいわけない。でも……。遥には告白する勇気もなければ、ＯＫをもらう自信もなかった。家庭のごたごたの上にさらに失恋の悩みなんて抱えたくなかった。

「……なんで、私に」

それを聞いた結衣は、「よかった」と、笑った。

数日後、結衣は勇人に告白し、すんなりＯＫの返事をもらったのだ。

遥が両親から転校を告げられたのはその直後だった。転校をすんなり受け入れられたのには、結衣と勇人と離れたい気持ちも大きかった。

結衣は勇人と一緒に帰るようになり、遥は結衣と話さなくなった。ラインのやり取りもぱったりとなくなった。それでも友達リストから結衣の名前を完全に抹消《まっしょう》出来ないのは、こうして、たまに二人の動向がわかるツールを残しておきたい気持ちが自分の中にあるからかもしれない、とも思う。投稿を見た後は決まって凹《へこ》むくせに、だ。二人の顔がちらついて眠れない夜が今でもたまにある。

でも、今日は違った。目を閉じた瞼の裏に映し出されたのは、相撲を取る乙葉の姿だった。

自然と顔がにやける。

まわしのままで追いかけてきた乙葉の姿を思い出し、思わず噴き出す。

「ふふふふふ」

声を上げて笑う。

転校して以来、初めて心から笑った気がした。

「楽しかったね」

耳の奥でこだまする乙葉の声に答える。

「うん、楽しかった……」

言葉にすると、急に泣きたくなった。


翌朝、寝不足の目をこすりながら、教室へ向かう階段を上っていた時だった。踊り場にさしかかった瞬間、遥はよろめいた。大きくバランスを崩し、咄嗟《とっさ》に手すりを摑む。腕の力で体を引き戻し、身を持ち直す、瞬間、上階から降りてきた人の胸部に思いっきり頭を突っ込んだ。転倒を免《まぬが》れた、とほっとしたのも束の間。顔を上げると、踊り場に一人の男子が茫然《ぼうぜん》とした顔で尻もちをついているのが見えた。

どうやら、彼の胸に頭突きを食らわしてしまったようだ。状況を理解した途端、おでこにズキッと痛みが走った。

「イタ……」

遥がおでこを押さえると、男子が「マジかよ」とつぶやいた。

そんな言い方しなくても、と思いながら、遥は男子を見た。

男子は立ち上がると、笑いをこらえるようにくくっと低い声を漏らした。

なにがおかしいの……遥は男子の顔を睨むように見た次の瞬間、その笑顔にくぎ付けになる。ほどよく日に焼けた肌に丸い瞳、まるで子犬のような無邪気な笑顔に目を奪われたのだ。

「いや、ごめん、まさか女子のぶちかまし一発で、自分がひっくり返るとは思ってなくてさ、情けない自分が可笑しいだけだから」

「ぶちかまし？」

　思わず反応してしまう。

　ぶちかましとは相撲用語だ。頭や肩で相手と正面からぶつかる体当たりのことで、強烈なぶちかまし一つで勝負が決まることもある。

「いま、ぶちかましって言った？」

　遥の言葉に、男子は目を丸くした。

「言ったけど……」

　男子は遥の顔をじっと見て、訊ねた。

「好き？」

「えっ？」

　遥の声が思わず上ずる。

「好きなの？　相撲」

　そうだよね、相撲の話だよね、と冷静になり「まあ……」と頷く。

「へえ、女子なのに珍しい」

男子は、遥が落とした上着を拾い上げ、ホコリを払って「はい」と差し出す。

「……」

言葉も出ないまま、遥は黙って受け取った。

「俺も好きだよ、相撲。超好き」

そう言って男子は去っていった。

残された遥は立ち尽くしたまま、好きなのは相撲、好きかと訊かれたのも相撲。なのに、なぜか心臓はバクバク鳴っていた。

謝るの、忘れた——そんなことを考えていた時だった。

「遥！」

上の階から降ってきた声で我に返ると、乙葉が駆け下りてきた。

「見ちゃった、遥のぶちかまし。さすが」

「な、何言ってんの？」

「だって、一発で相撲部の男子を倒したんだよ？」

「相撲部？」

あの男子も相撲部だと言うのか？　遥の脳裏にさっきの笑顔がよみがえる。

そんなことはお構いなしに、乙葉は遥の両手を取り、力強く頷く。

「やっぱり、遥しかいない」


その日の放課後、遥は乙葉に連れられて相撲部の稽古場へと向かった。

今朝ぶつかったあの男子に謝るという名目で、のこのこ乙葉についてきてしまったのだ。

謝りに来ただけ、相撲をやるわけじゃないし、相撲部に興味があるわけでもない……必死に自分に言い訳する。

相撲部の稽古場は旧校舎の裏にあった。旧校舎の周りには学生が利用するような施設はなく、草がうっそうと生い茂っていた。草をかき分けるように入っていくと、倉庫のようなお粗末《そまつ》な建物が現れた。

入口には「桜川高等学校相撲部」と書かれた、建物には似つかわしくないくらいに立派な看板がかかっていた。

「あ、また外れてる」

乙葉は落ちているプラスチックの板を拾い上げ、看板の横にぎゅっと貼りつける。そこには「女子相撲同好会」とマジックで書かれてあった。

「どうぞ」

乙葉に促され、遥は稽古場に足を踏み入れる。

瞬間、砂と汗の混じったぬるい空気が鼻を突き抜けた。

「懐かし……」

思わず漏れた声に、すかさず乙葉が反応する。

「ちょっとやってみる？」

「やんない」

乙葉の言葉にかぶせ気味に否定する。

「そ、じゃあちょっと待ってて。私、着替えてくるから」

乙葉はそう言うと奥へ入っていった。

遥は、ふうっと息をついた。稽古場を見渡す。土俵の砂はほうきできれいに整備されていた。俵で囲まれた円の中にある二本の白い仕切り線は、練習で踏みつぶされているせいか、少し薄くなっている。

壁に設えられている神棚が目に入る。遥は神棚の前に立ち、手を合わせた。

「相撲が神事と呼ばれる所以《ゆえん》はね、神様に感謝と敬意を表すための神道《しんとう》の行事として行われてきたものだからだ。いいかい、そのことを決して忘れるんじゃないよ」

森道場の一二三先生の教えが耳の奥によみがえる。

「強くなれますように」そう願いを込めて、毎日のように乙葉と手を合わせた神棚は今もあの道場に設えられているのだろうか。

お正月に願いをしたためた書初めはどうなっただろうか。そんなことをぼんやり考えていると、「あの」と声をかけられた。

振り返ると、今朝、階段でぶつかった男子がジャージ姿で立っていた。

「あ」

同時に声を上げる。

「なんで？」

「あ、いや……」

と言いかけた時、奥からまわし姿の男子たちがどやどやと入ってきた。男子部員たちは遥を見るなり、「誰？」「もしかして入部希望？」と口々に騒ぎ出した。

「ただの見学ですよ」

困っている遥に助け船を出したのは、今朝の男子だった。

遥は謝罪の言葉をかけようとする。

「はいはい、稽古始めてください。吉田《よしだ》先生は職員会議で少し遅れるそうです」

男子はテキパキと指示を出す。

「一年、四股！」

体格からして部長らしき男子が指示を出すと、一年生と思《おぼ》しい白のまわしを締めた三人の男子が「はい！」と四股を踏み始める。

「一つ……二つ……三つ……」

四股を踏みながら一年生たちがちらちらと遥の方を気にしているのがわかり、遥はなんとも言えない居心地の悪さを感じた。

「死角にいた方がいいんじゃない？」

男子が遥のそばに来て、声をかける。

「え？」

「あ、だから、さ、あいつら女子の視線があると集中出来なそうだから、ちょっと隠れて見てってこと」

「あ、ごめん」

遥は、土俵からなるべく見えない場所を探して歩く。そうこうしているうちに、練習着に着替えた乙葉が入ってきた。

「遥、ちょっと手伝って」

乙葉が、持っているまわしの端を渡してくる。懐かしい感触が一気に全身に伝わり、同時に手が勝手に動き出す。あ、うんの呼吸でまわしを締める。四年間の年月が本当に流れたのか、と自分でも疑わしくなるほど、滑るような動きでまわしは完璧な形に仕上がった。

「さすが」

いつの間にか見ていた男子が拍手をしながら近づいてくる。

「うん、完璧《かんぺき》だよ、遥。さすが」

乙葉は満足気にまわしをポンポンと叩いた。

「でも、星川、今日は見学だけなんだろ？」

今朝の男子からいきなり呼び捨てにされ、ドキッとする。

「え？」

どうして私の名前を知ってるの？　と目で訴える。

「え？」

キョトンとした男子の顔をまじまじと見て、遥は後ずさった。

「え⁉　もしかして……」

「健太郎だよ、森健太郎。なに、気づいてなかったの？」

乙葉がそう言って笑う。

「いや無理ないでしょ、俺も今、まわし締めてるの見て初めて星川って気づいたし、こんな、今どきの女子高生になってるなんて思わないし」

うそだ、不覚《ふかく》にもあの森健太郎にときめいてしまったのか……。

遥は、頭を抱えその場にしゃがみ込む。

小学校の頃の健太郎は、相撲は強いが女子の嫌がることばかりするサイテーの男子だった。干してあるまわしの間にカエルを入れたり、四股踏みで片足を上げている時に膝かっくんを仕掛けてきたり……。

「え、なに？　俺があまりにイケメンに成長して気づかなかった？」

健太郎が、しゃがむ遥に後ろから覆いかぶさるようにして顔を覗き込んだ瞬間、

「うっさい！」

遥が勢いよく立ち上がる。図らずも遥の頭が健太郎の腹部を突く。

「イって！」

遥はまたしても健太郎の腹に強烈なぶちかましをお見舞いした。

「おおーギャル姉ちゃん、いい当たりだ！」

その声に振り返り、思わず「ぎゃあっ」と声を上げる。サイを思わせるようないかつい顔と、大きな体の男が遥のすぐ後ろに立っていた。

「その反応、傷つくなあ」

大男はぼやきながら顎《あご》を撫《な》でる。

「先生、いい加減に自覚してくださいよ。その顔で女子の背後に立っちゃダメですってば！　電車で痴漢《ちかん》に間違われたら即有罪ですよ」

乙葉の声に笑いが起こる。その大男は小声で「はいはい」と背を丸めた。

「俺は相撲部、顧問《こもん》の吉田だ」

そういえば、全校集会で見かけたことのある先生だった。

「俺は中学まで柔道、高校で相撲に転向してな……」

独特のイントネーションで吉田先生が話す間、遥はまじまじと観察した。

遠目でしか見たことがなかったが、百八十センチを超える長身で、格闘技をしている人によくある腫《は》れたような耳をしている。遥は、街を歩いていてもこの耳を見るとなんとなく親近感を覚えた。力士でもそういう耳になる人がいるし、道場の一二三先生がよく「つぶれた耳は努力の証《あかし》」と言っていたからだ。

「んで、ギャル姉ちゃん、名前は？」

吉田先生に訊かれ、遥は我に返って答える。

「ギャルじゃないし、姉ちゃんでもないです」

遥は、口を尖らせた。

「そういう髪の色してんのは青森じゃ、ギャルか外国人だぞ」

先生はそう言って、ガハハと笑った。独特のイントネーションは青森なまりか、と妙に納得する。

「二年の星川です……」

「星川、な」

先生は確認するように名前をつぶやくと、

「よし着替えてこい」

と、顎をしゃくった。

「いや、あの、私、別に相撲しに来たわけじゃないんで……」

「経験者だって聞いたぞ。ほら、いいからさっさと行けってば」

遥は乙葉を睨む。乙葉はまわしを直すフリで目を逸らした。

「さすがのぶちかましだったよなあ、健太郎」

健太郎はまだお腹をさすりながら、先生の言葉にサムズアップで答えた。

「あー、でも着替えとか持ってないし……」

「乙葉、お前なんか貸してやれ。なけりゃ俺の貸してやる」

と、吉田先生は着ているポロシャツを脱ぐそぶりをして、部員たちに「サイズ違いすぎだし、俺らでも着たくないっす」と総ツッコミを受け「そうか？」と引き下がった。

乙葉は、待ってましたとばかりに「行こう！」と遥の手を引き、更衣室に連れて行った。

ジャージに着替えた遥は、乙葉にされるがままにまわしを着け始める。小学生の時に初めてまわしを着けた時のことを思い出す。ごわごわとした固い布を股間にはさんだ時の違和感。一枚多く身に着けているはずなのに、逆にむき出しになったような恥ずかしさは昔と変わらずあった。けど、そんなすべての感覚を通り越して今一番感じているのは、懐かしさだった。

「久しぶりのまわしはどう？」

乙葉が嬉しそうに訊いてくる。

「別に、フツー」

わざと低めのテンションで返す。

「フツー、ね」

乙葉が意味深に笑ったことで、まわしを締められて普通でいる自分は既に普通ではないのだと気づく。

「やっぱ、やめとこうかな」

遥が言うと、乙葉は後ろでまわしをきつく締めた。

「……遥だけなの」

「え？」

「私が土をつけられた相手は、遥だけ」

小学校六年生、遥と乙葉が勝負し、遥が勝ったあの試合のことだ。

「あれから、公式戦では負けなしなの」

乙葉の声がそれまでよりワントーン落ちた。

「私、遥ともう一度戦いたいってずっと思ってた」

「それって……ずっと私にリベンジしたいと思ってたってこと？」

「うーん、その言葉が合ってるかわかんないけど……いつか遥に勝ちたいって気持ちはあったよ。目標、みたいな」

乙葉の言葉に、遥は自分の胸がざらつくのを感じた。

遥にとって、乙葉との思い出はどこを取ってもキラキラした思い出だった。

けど、負けた方にしてみれば、それだけではないということか。

一度負けた相手に対して、打倒！　と目標を立てることは、勝負の世界では普通のことだ。

そうか、乙葉の私に対する気持ちも、それだったのか。

そう思った瞬間、気持ちが一気に冷めた。

遥は夢中でまわしをほどいた。

「遥⁉」

「やっぱ無理！　帰る」

遥は乙葉のジャージを着たまま制服を抱え、稽古場から逃げ出した。

三段目

シコ。再び

遥が相撲部の稽古場から逃げ出した翌日も、乙葉は変わらない笑顔と無神経さで話しかけてきた。

「おはよう。遥、今日の放課後ヒマ？」

「ヒマじゃない」

「明日は？」

「忙しい」

「じゃあ……」

「明後日《あさって》も、その次もずーっと忙しい」

「なんで？」

乙葉があまりにあっけらかんと訊いてくるので、こっちの気が抜けてしまう。

「なんでって、関係ないでしょ。うちお母さん働いてるし、いろいろあんの」

乙葉は「そうなんだ」と、一応納得したふうな顔でその日は引き下がった。

母が働き始めたから家の手伝いをしなければならないというのは本当の話だし、と自分で自分に言い訳をする。

父が経営していた会社が倒産したあと、遥一家は郊外の、最寄り駅から徒歩二十五分のマンションへと引っ越した。

都内に再就職した父は、バスと電車を乗り継ぐ片道二時間の通勤にすぐ音《ね》を上げ、会社の近くにワンルームマンションを借りた。距離を言い訳に父は週末しか自宅に帰らなくなった。それでも最初のうちは金曜の夜に帰宅し、月曜の朝に家から出勤する生活だったので、父が別居しているような寂しさはなかった。

それがいつしか土曜に帰宅し、日曜には家を出る生活になり、毎週だったのが、隔週になり、今では月に一度帰ってくるかこないか、にまで減っていた。

「パパがいないと、夕飯手抜きでいいから楽だよね」

なんて呑気《のんき》に構えていた母が「働く」と言い出した時、嫌な予感がした。

少し家計が苦しいのかな、程度に考えていたが、現実はもっと深刻だった。父から毎月送られてくるはずのお金が目減りし、ついには振り込みがなくなっていたのだ。家賃や光熱費は父の口座からの引き落としなので、最低限の生活は出来るが、自由に使えるお金が底を突けば、食料すら買えなくなる。

最初のうち、母は父に催促の電話をしていたが、そのうち電話もつながらないことが多くなった。

遥は、父の気持ちが少しだけわかる気がした。というか、父の気持ちを理解しようと努力した。

きっと、父は遥や母に対して情けなさや申し訳なさから、合わせる顔がないのだ。それまでいい暮らしをさせていたのに、娘を名門私立に通わせていたのに、会社がつぶれたせいで苦労させていることが心苦しくて、情けなくて、葛藤《かっとう》しているのだ。

遥はそう思い込んでいた。


「遥、お母さんとパパ、別れようと思うの」

遥が、初めて一人で作った硬いハンバーグを突つきながら、母が言った。

離婚。

ずっと考えないようにしてきたその文字が、遥の中にはっきりと浮かんだ。

「は？　なんで？」

どうしても母を責めるような口調になる。遥は添え物の炒めたほうれん草を食べながら母の返事を待った。

「うん……パパ、いるみたいね、他に好きな人が」

食べていたほうれん草が、一瞬にしてただの草の味になった。バターの香りも塩気も感じない、ただ草を咀嚼《そしゃく》しているような気になった。

「……なにそれ」

責めるべきはお母さんじゃなくてパパ。わかっているのに、攻撃的な言葉ばかりが口を突いて出る。

「ふざけないでよ、何言ってんの？　気持ち悪い」

自分も被害者なのに、母は「ごめんね」と笑って、缶ビールを飲みほした。

父が出て行ってから母は家でお酒を飲むようになった。といっても三百五十ミリの缶を一本飲むだけの晩酌《ばんしゃく》だ。最初の一口を飲んだ瞬間の母のほころんだ顔を見る度に、ホッとしたような気持ちになった。父の会社が傾きかけた頃から、母はあまり笑わなくなった。そんな母が無条件にいい顔をする最初の一口の瞬間が、遥は好きだった。

「ごめんね、はーちゃん」

母が遥をそう呼ぶ時は、すごくふざけている時か、すごく真面目な時のどちらかだ。ふざけた時の呼び方であって欲しかった。

「冗談よ、はーちゃん」って笑って欲しい。心から思った。けど、母は真面目な顔で遥から目を逸らした。

「ってか、ありえないんだけど」

遥はそれだけ言うと自分の部屋に駆け込んだ。

心臓がバクバクいっていた。

ありえない、ありえない、心の叫びが思わず声に出る。

父はいつだって遥の味方だった。感情でぶつかる母と違い、父はいつも冷静に遥の話を聞いてくれた。正直に言えば、母より父の方が気は合うし、どっちが好きか選べと言われたら……。

そんな父が浮気して、家を出て行くなんて……。

中学受験の時、毎晩机にかじりつく遥に「遥ががんばってるの見るとパパもがんばれる」と微笑みかけてくれた父。

合格発表をとても見に行けないと怖気《おじけ》づく母の代わりに、仕事を休んで一緒に行ってくれた父。合格がわかった時、遥を抱きしめて「よくやった、すごいな遥は」と、泣いてくれた父。

会社が倒産して高校を転校した時、「ごめんな、遥。でも遥はどこの学校に通っていてもパパの自慢の娘だ」そう言って送り出してくれた父。

小学校の相撲大会で乙葉に勝って優勝した時、「かっこよかったぞ」と、土俵際まで駆け寄り、笑ってくれた父。

父にもらったたくさんの言葉がよみがえる。


遥は、自室を飛び出すとキッチンに駆け込んだ。冷蔵庫の脇にマグネットで留めてある紙を取る。そこには父が一人で暮らすワンルームマンションの住所と電話番号が書いてあった。

母は、遥の行動を理解出来ないままに見ていた。

「明日、パパと話してくる」

「……話すって」

母は、腫れ物に触るような顔で遥を見た。

「大丈夫。だって、このまま会わないなんてわけにいかないんだから、私にだって話す権利はあるでしょ」

母は「そうね」と笑った。

覚悟を決めたつもりでも、いざ出陣となると足がすくむもので、翌日の放課後、遥は一人教室に残っていた。

父が住むマンションの住所が書いてある紙とにらめっこしている時だった。

「遥？」

教室の入口からジャージ姿の乙葉が入ってきた。

「何してんの？　あ、もしかして、今日は時間ある？」

乙葉はめげずに毎日勧誘をしてくる。

「ない。行くとこあるから」

遥が目を落とした紙を乙葉が覗き込む。

「何それ、浅草橋って、もしかして両国行くの？」

なんでも相撲に結び付ける、生粋の相撲バカ。

「そんなわけないでしょ。大体、本場所まだじゃん」

大相撲の場所がどこかサラッと出てくる自分にギョッとする。

「っくっくっくっ……」

もの言いたげな乙葉の含み笑いにイラッとする。

「……っるさいなあ、常識として知ってるだけ」

本当は間もなく始まる本場所は楽しみにしている。それくらい相撲は好きだ。でも、言わない、乙葉にだけは絶対に。

「てか、両国遠すぎだよね。学校終わってからだと結びの一番にすら間に合わないもん」

「……だよね……遠いよね」

父に会いに行くことを躊躇している自分に気づく。

今日のミッションはたった二つ。

一つ、パパに会う。

二つ、うちに帰ってきて、とお願いする。

決意したのに、朝、目が覚めると、昨夜の闘志は半分くらいになっていた。

いつだってそう。夜盛り上がった気持ちは、朝冷める。夜中に書いたラブレターを、絶対に人に見せられないのと同じ原理だ。

「いいなあ両国、久しぶりに行きたいなあ」

「だから相撲じゃ……」

遥はそう言いかけて、乙葉を見た。

乙葉は「ん？」という目で遥を見つめ返す。

この鈍感力、図々しいまでの突進力、今の自分に欲しいものを乙葉は全部持っているような気がした。

「乙葉、じゃあ一緒に行く？　両国」

両国……正確には浅草橋へ向かう電車の中で、遥は今日の目的について乙葉に話した。

乙葉は大げさに驚いたり、頷いたり、時に涙ぐんだりしながら聞いていた。

「で、遥はお父さんに会ったらなんて言うつもり？」

乙葉にぶつけられた素朴な質問に、遥は言葉を詰まらせた。

パパに言うことは一つだけ。

うちに帰ってきて、ただそれだけ。

恨み言を言うつもりも、責めるつもりもない。

けど、「離婚する」なんて、母から伝え聞いただけで納得なんて出来ない。

もし離婚したいというのが父の本心ならば、その理由を直接訊きたかった。

「パパはね、お母さんの言うことは聞かなくても、私のお願いならなんでも聞いてくれるの」

遥は大丈夫と自分に言い聞かせるように頷いた。

「ずっと訊こうと思ってたんだけど、なんでパパとお母さん呼びなの？」

乙葉は素朴な疑問を遥にぶつけた。

「ああ、それは……」

中学受験を始めた頃、母は「お母さんと呼ばないと返事をしない」と言い出した。しかし、父は「パパ」呼びのままがいいと言って譲らなかった。今思えば、あの時すでに夫婦の間に溝みたいなものがあったんじゃないかと気づく。


浅草橋に着いた遥と乙葉は、住所を頼りに父のマンションを探し歩いた。東京の区画は少し行き過ぎただけでも番地の桁《けた》がずれる。細かい路地も注視しながら慎重に探す。

「ここじゃない？」

乙葉が指した先を見ると、築三十年ほどの古びたマンションが建っていた。

「何号室だっけ？」

乙葉に部屋番号を告げると、集合ポストの名前を確認してきてくれた。

「あったよ、二〇八号室に星川って書いてあった」

そこは間違いなく父が住んでいるマンションだった。

二〇八号室の表札には「星川」とやはり手書きで書かれた紙が差し込んであった。太めのマジックペンで書かれていたせいか、それは遥の知っている父の字とは違って見えた。

呼び鈴を鳴らそうとするが、なかなか押せない。

父親に会うだけなのに、隣にいる乙葉に聞こえるんじゃないかと思うほど、心臓はバクバク鳴っていた。

「まだ帰ってないんじゃないかな、きっと」

乙葉の声で我に返る。

もうどうとでもなれという気持ちで、呼び鈴を鳴らす。

案の定、反応はなかった。どこかホッとしたように気が抜けて、すぐ横の階段に座り込んだ。乙葉は「相撲しりとりしよう」と言って、横に腰を下ろした。

「何それ」

「相撲用語しか言っちゃダメなの。すもう、う」

「……」

「ほら、遥の番だよ。う……うっちゃり、とかさ」

「くだらな……」

意地でも答えない遥の代わりに、乙葉は一人でしりとりを続けた。

「時間、平気？」

父を待ち始めて一時間が過ぎた頃だった。遥は乙葉の門限が急に心配になった。

「お母さん、相変わらず厳しいの？」

小学生の頃の乙葉の母をイメージして訊ねる。

「大丈夫、道場寄るって言っといたから。九時すぎまで何も言われない」

乙葉はいたずらっ子のように笑ってみせた。乙葉の母は、門限など破ろうもんなら張り手が飛んでくるような厳しい人だった。

「前よりはましかな。まあ厳しいけどね。母子家庭だから父親役も務めなきゃって感じでさ……なーんか無理してんの、すごい」

乙葉の父は元力士だった。

一般的にソップ型と呼ばれる細身の体形の力士で、顔も性格も男前で、現役時代はアイドル並みの人気があったと、一二三先生が言っていた。

引退して二年後、乙葉が小学校に上がった年の秋に交通事故で亡くなったそうだ。以来、乙葉はお母さんとおばあちゃんと三人で暮らしている。

「お母さんってのはさ、無理しちゃう生き物なんだよねえ」

乙葉は苦笑いで遥を見た。

乙葉の言っている意味が、今ならわかる気がした。

父の会社が順調だった時の母は、毎日悠々自適《ゆうゆうじてき》な主婦だった。フラダンスを習ったり、パッチワークをしたり、時間とお金がなければ絶対に手を出さないような趣味に興じていた。

そんな有閑マダムだった母が、夫の会社が倒産し、家を手放してからは、倹約家の妻に生まれ変わった。カード会社のオペレーターというパート職から正社員になって、今はフルタイムで働いている。月一で通っていた美容室には、半年に一度のペースでしか行けなくなった。ドラッグストアで買ってきた白髪染めで髪を染めるようになっても、愚痴一つ言わない母を素直にすごいと思った。


時間が経つにつれ、遥の決心はどんどん鈍っていった。

会わずに帰れば、父を嫌いにならずに済むような気がした。もし会って、話しても父が戻らなかったら……「パパは自分のお願いならなんでも聞いてくれる」という絶対的な自信を失うことが悲しかった。

だんだんと暗くなる空が、会うのはやめた方がいいと忠告しているような気がした。

「帰ろっか」

遥は立ち上がった。

「……時間なら平気だよ」

乙葉は座ったまま遥を見上げて言う。

「うん、でも、いいや」

遥は『星川』の表札にもう一度目をやった。改めて見ると、それはやはり父の字ではないような気がした。その時だった。

「あっ」

乙葉の声に振り返ると、一つ下の踊り場に父が立っていた。父は一人ではなかった。父の隣には見覚えのある女の人が立っていて、二人は手をつないでいた。

父は遥を見て咄嗟につないでいた手を離したけど、瞬間、遥は理解した。

この表札の字の違和感、それは父が書いたものではなかったからだ。おそらく、目の前にいる女性が書いたもので、父は今この女性と一緒に住んでいる。

女性の顔が遥の記憶ファイルの中の一人と合致する。それは前に父の会社で事務をしていた小林《こばやし》さんだった。

小林さんは、遥の家で開かれたホームパーティにも何度か遊びに来たことがあった。その度にお菓子を作ってきて、遥は「美味しい」と無邪気に食べたけど、母は決して手を付けようとしなかった。そんな記憶が瞬時によみがえる。

遥の胸にマグマのような熱を持ったドロドロしたものが渦巻いた。何か言おうとするが、のどの奥が熱くなり、金縛りに遭《あ》ったように声が出ない。

「遥……」

父の声で金縛りは解けた。

「どうしたんだ?」

嬉しさや喜びはなく、迷惑そうな驚きとバツの悪さが相まった声だった。

「お前、その髪……」

父が言いかけたところで、遥は、階段を駆け下りた。

自分の名前を呼ぶ声が背中に聞こえた気がしたが、立ち止まる勇気はなかった。

遥は、すべてを察した。

パパはもう帰ってこない。


来た時と同じ路線で、二時間かけて電車を乗り継ぎ帰った。

電車に揺られている間、遥と乙葉は互いに一言も言葉を発しなかった。

最寄り駅に降りると、時計はもう八時近くになっていた。

「……遥!」

少し前を歩く遥を、乙葉が思い切ったように呼び止める。

「……」

遥は振り返り、力なく視線で返事をした。

「ちょっと来て」

乙葉は、遥の手を引くと、来た方向へ戻り始めた。

「ちょっ……どこ行くの？」

「いいから」

いつもならうざったい乙葉の強引さが、今夜はありがたかった。

家には帰りたくなかった。

帰ったら母と顔を合わせる。

母の前で、平常心でいられる自信がなかった。

父が恋人と住んでいることを母は知っていたのだろうか。

その相手が小林さんだと知っているのだろうか。

言う必要はない、黙っていよう。そう決めては迷う。

そうやって二時間電車に揺られてきて、結局黙っていようと心に誓う。

嘘をつくことと何も言わないことは違うけど、罪悪感は同じくらいあった。

乙葉に手を引かれるがままに遥は歩いた。

いっそのこと、このままどこか遠くに行ってしまえたら、どんなに楽か。そんな想像をしていた。

人生のどん底。

好きだった人が親友と付き合い始め、苦労して入った高校を親の都合であっさりとやめ、今の高校に転校した時に、そう自分に言い聞かせた。今がどん底、だからここからはもう這い上がるだけだと、きっと少し先の未来にいる私は、今のどん底を笑い飛ばしてるはずだ、と。

でも、人生にはまだ見えないどん底があったのだ。


「着いた」

乙葉が遥を連れてやってきたのは、森道場だった。

道場は昔と何も変わらず、そこにあった。

乙葉は、遥の腕を引き、中へ入っていく。

「なんで？　なんでここ？」

遥は、わざとぶっきらぼうに乙葉に訊ねる。

「んー、元気、出して欲しくて」

乙葉はそう言って、電気を点《つ》け、荷物を置いた。

「元気なんて」

遥は吐き捨てた。

「元気なんて出せる思う？　あのさ、知ってる？　いくら自分の人生でもさ、自分の力じゃどうにもならないことってあるんだよ」

投げやりな笑みとため息混じりの声で遥は言った。

「いくらがんばったって、こんなんばっかだよ！」

遥は持っていたカバンを投げ捨てた。

父に対する苛立《いらだ》ちを乙葉にぶつけても何も変わらない。わかりきっているのに、気持ちをぶつける先がそこしかなかった。

乙葉は、遥のカバンを拾い上げ、パンパンと土を払うと自分のカバンの隣に並べた。

「遥、シコ踏もう」

乙葉は靴下を脱ぎながら、穏やかな声で言った。

「……だから、私……」

相撲とかしないって、と言いかけたところで、乙葉はさっきよりも声を張った。

「シコ踏もう！」

乙葉のまっすぐな目を見ているうちに、突然笑いがこみ上げた。

「あはははは、あは、あは、あははは」

乙葉は不満そうな顔で、大笑いしている遥を見る。

「なにが可笑しいの？　こっちは精一杯の励ましだっつーの！」

「だって、普通の人は励ます時に、シコ踏もうとか言わないから……あーお腹痛い、もうダメ……」

笑っている遥の目から涙が溢れ出す。

「っもう、可笑しくって、涙出る……」

そこからはもう、声を上げて泣いた。

乙葉は泣いている遥の前に立つと、制服の袖をまくり始めた。

乙葉は今にも涙がこぼれ落ちそうなほどの真っ赤な目で遥を見た。

「相撲部に入ってなんて、もう言わない」

乙葉が腰を落とした姿勢で構える。

「髪が茶色くて、スカートが短くて、ギャルっぽい遥でもいい……けど、笑って欲しい。強い遥に戻って欲しい……思い出して欲しい。それだけ」

乙葉はまっすぐに力強く遥を見据え、足を高く上げた。

「よいしょー」

掛け声と同時に、足を地に下ろす。

反対の足を高く上げ、また力強く踏み下ろす。

「よいしょー」

乙葉は四股を踏み続けた。


初めてこの道場で見たのと同じ、きれいな四股だった。

クラス全員に無視されたあの日、乙葉だけが話しかけてくれた。

「強くなれ」と言ってくれた。

自分よりも大きな相手にぶつかっていく乙葉の姿に魅せられて相撲を始めた。

乙葉みたいに強くなりたくて、変わりたくて、稽古に励んだ。


——ガンバレ。

乙葉の四股が地面を踏みしめる音が、そういっているように遥には聞こえた。

——ガンバレ遥、ガンバレ遥。

遥はその声援を噛みしめるように、ただじっと乙葉の四股を見つめた。

翌日、相撲部には遥の姿があった。

幕下

遥かなる乙女心

遥は、とりあえず秋の大会までという期限付きで相撲部に仮入部した。あくまで期限付きの仮入部だと言い張る遥にお構いなく、乙葉は大喜びで早速チーム登録の申請に駆けずり回っていた。部員が一人増えたことで、正式に「部」として認定されることになり、三人一チームで出場する団体戦への登録が出来るのだ。

入部初日、遥はそんなこんなで忙しい乙葉よりも先に稽古場に向かった。髪の色は直していないけど、付け爪は外し、短く切ってきた。

稽古場にはまだ誰も来ていなかった。

静まり返った土俵に、格子《こうし》のついた窓から西日が注ぐ。

土俵を見下ろすように、中央の壁面には大きな神棚があり、それを囲むように歴代の部員の写真が飾られている。壁の手すりには所せましと、白と黒のまわしが干してある。

遥は、俵の中に一歩足を踏み入れる。ひんやりと固い土の感触が足裏から伝わる。両足で踏みしめると心が引き締まる思いがした。

帰ってきたんだ、と思う。

遥は神棚の前に立ち、手を合わせた。

小学生の頃は、神棚の前に立つ度に必死に願い事をした。

強くなれますように、次の試合で勝てますように、中学に合格出来ますように……手を合わせると願い事が溢れた。

けど、今は手を合わせてみても、何も浮かんでこなかった。

「何してんの？」

声をかけられて振り返ると、ジャージ姿の健太郎が立っていた。

「あ、今日から、一応入部することになって……」

遥が照れくさそうに言うと、健太郎はにんまりと笑って、

「知ってる」

と、土俵の土をならし始めた。

「乙葉から聞いた。遥が入ってくるんだーって、あいつ相当舞い上がってた」

いつもは『星川』って苗字呼びなのに、名前を呼ばれてドキッとする。

「仮入部だから、とりあえず秋の大会までってことで……」

「ふうん……その割に気合いはいってるじゃん。一番乗り」

健太郎が茶化《ちゃか》すように言う。

「そっちだって、早いじゃん」

土俵の整備なんて一年生がやる仕事を、どうして健太郎がしているのか、不思議に思った。

「俺、マネージャー業がメインだから」

「え⁉」

想像したより大きな声が出たことに自分で驚く。

「そんなに驚くなよ」

「だって、……マネージャーって、相撲してないの？」

昔みたいに『健太郎』って呼ぼうとしたけど、照れが邪魔をして声にならずに呑み込む。

「いや、稽古はしてるよ。でも、試合にはあまり出てない」

「どうして？」

健太郎は、遥の質問に手を止めた。

「弱いから」

健太郎は真顔で答えてから、ごまかすようにへらへらと笑った。

「でも、相撲は好きなんだ。だから部をやめようとは思わない。部が強くなれば嬉しいし、そのために俺に出来ることをしてるだけ」

健太郎が言い終えたのと同時に、部員たちがどやどやと入ってきて、話はそこで強制終了となった。

遥は信じられない思いだった。

あの健太郎が、弱い？　道場で一番強かった健太郎が？　マネージャー？

「健太郎が無敵だったのは小学校を卒業するまで」

まわしを締めながら、乙葉は健太郎がマネージャーのようになったいきさつを話した。

「中学あたりから周りの子たちがどんどん大きくなるのに、健太郎は華奢なまんまで。まあ、あいつなりに吐くほど食べたり、プロテイン飲んだり努力はしてたんだけどね」

久しぶりのまわしに手こずる遥を見かねて、乙葉が手を貸す。遥が着けるのは真新しい白のまわしだ。乙葉のような有段者は黒のまわしを着けている。

「新平って覚えてる？　健太郎のいっこ下の弟……新平はすごく体が大きくなって、一条《いちじょう》に入ったんだよ、相撲のスポーツ推薦で」

一条高校と言えば、スポーツが盛んなことで有名な私立の男子校だ。相撲部もインターハイの常連校である。

「健太郎も中学の時は優勝こそしなかったけど、大会に出れば入賞はしていたから、もしかしたら一条から推薦の話が来るんじゃないかって一二三先生も期待していたんだけど、結局、話は来なくて、桜川の一般入試。だから次の年、新平に推薦の話が来た時は、一二三先生も大喜びでさ」

そこまで聞いただけでも、健太郎の心中は容易に察することが出来た。

小学校の時は、弟に負けたことのなかった兄が、中学に入った途端、体の大きさで抜かれ、相撲で負け、そして自分が行けなかった高校から是非来て欲しいと言われる……弟が自分の一歩先を行く。健太郎がどんなに悔しい思いだったかは想像に難くない。

「健太郎は、体は小さいけど取り組みのセンスとか瞬発力も抜群だし、競技引退なんてもったいないって思ってたけどさ……。でも、試合に出るのやめてから毎日楽しそうに練習来てるの見ると、ああ、これでよかったのかもって思えるようになった」

乙葉はきれいに締めたまわしをバンッと叩き、微笑んだ。

「おはよー」

と、入ってきた先輩らしき女子に、乙葉は遥を紹介した。

「星川遥です」

「乙葉から聞いてる。経験者なんだって？　私は三年の石井《いしい》七海《ななみ》、よろしくね」

「よろしくお願いします」

遥は頭を下げた。

「さすが、さまになってる」

と言って、七海先輩は遥のまわしの形を少し整えて、よし、と頷いた。

新入生を獲得するためのパフォーマンスで、乙葉との取り組みを見た時にも思ったが、七海先輩は大きい。百七十センチをゆうに超える高身長で、やはり階級は一つ……もしかしたら二階級上にも見えた。

「今、私のこと、でかい女だと思ったでしょ」

七海先輩に図星をさされ、「え、あ、いや」と口ごもる。

「いいのいいの。みんなそういう反応。私が相撲してるって言うと、ああ、してそう、みたいな？」

と笑う顔が凜々《りり》しく見えた。

七海先輩はまわしを着ける前に体重計に載った。

「やった！　増えてる！」

「え、ホントですか？」

乙葉が体重計を覗き込む。つられて遥もデジタル画面に目をやった。デジタルは七十二キロと表示されている。

「二キロ増！　……乙葉、お願い」

七海先輩は乙葉にまわしの端を手渡す。

「先輩は、中量級だよ。去年は無差別級でも入賞してる」

「乙葉と同じ階級が嫌で、食べまくったの」

と、七海先輩は笑った。

女子相撲には階級がある。

超軽量級は五十キロ以下、その次が六十五キロ未満の軽量級、六十五キロ以上八十キロ未満の中量級、そして八十キロ以上の重量級、そして無差別級の五階級に分かれている。普通の女子なら、体重が一キロ増えたら悩むところ、相撲女子はこうして喜ぶ。体重は重い方がそれだけ力も出るから、階級ギリギリまで体重を増やすことが理想なのだ。

遥の今の体重はギリギリ超軽量級で、軽量級の乙葉とは別な階級になる。だが、稽古に入れば体重が増えることを経験上、遥は知っていた。

「乙葉と同じ階級は……私も嫌ですね」

遥が笑うと、七海先輩がそれに同意し、乙葉が「なんで!?」と叫んだ。

稽古が始まる前に全部員を集めて、遥を紹介する時間が設けられた。

まわしを着けて人前に出るのは、小学生の時以来だった。恥ずかしさはあるが、ここではまわし姿に特別な視線を向ける者は誰もいない。

『まわしは相撲部のユニフォーム』遥は自分に言い聞かせ、大きく息を吐く。

「二年の星川遥です。相撲は小学生の時以来で、シコもちゃんと踏めるか自信ないです。あの、よろしくお願いします」

「お願いしまーす」と怒号《どごう》のような迫力ある返しに、遥は縮こまった。

「女子相撲同好会が、これで正式に部として登録されることになっちまったな」

顧問の吉田先生が言うと「おお」と、拍手が起こった。

「まあ、あれだ。女子で相撲やるってことは、星川もまずまともな奴じゃねえからな」

「へ？」

ずいぶんな紹介に遥は吉田先生の顔を見た。同時に隣にいた乙葉が遥に耳打ちする。

「先生ああゆう人なの、ごめんね」

と言って、渋い顔をした。

「そうだろよ、普通の女子だったら、スカート穿《は》いてテニスとか、ボンボン持って踊ったりしてるだろーがよ。星川、お前、そんな茶色い頭してなんでこんなとこに迷い込んできたわけ？」

吉田先生の質問に部員たちが笑った。遥が返答に窮《きゅう》していると、乙葉が助け船を出す。

「遥は一緒の道場だったんです。しかも、私が負けた唯一の相手なんですから」

乙葉がそう言うと稽古場は一瞬静まり返り、次の瞬間、

「えええええー！」

と、どよめきが起こった。

「乙葉が負けた？」「あいつ女子に負けたことあんのか？」「どんだけ強いんだ？」というような声が上がり、遥は入部を後悔した。

「はいはい、じゃあ時間もないんで、稽古始めましょう。いいですよね？　先生」

健太郎が割って入ると、吉田先生がすぐに「四股！」と指示を出した。

「がんばれよ」

すれ違いざまに健太郎が遥に声をかける。遥は、小さく頷き、土俵の周りに並んで立った。

稽古は基本的に男女同じメニューで行われる。

七海先輩が四股に入る前に、蹲踞、中腰の構え、四股の基本動作を「知ってるかもしれないけど」と前置きしてから一通り教えてくれた。感覚を思い出しながら四股踏みをする。円になって「一つ、二つ、三つ……」と、一人十ずつ数えていき、連続で二百回踏むのだ。

遥がまともに四股を踏むのは、四年ぶりだった。しかし、踏み始めるとすぐに感覚が戻り、お尻の位置や足の角度が違うことが自分でもわかる。直そうとすると、支えの足がぶれて、

プルプルと震えた。震えを止めようと意識すると体がぶれて、体勢が崩れた。小学生の時に鍛えた体幹がこの四年の間でいかになまったかを思い知らされる。

四股が終わると体操。屈伸《くっしん》したり、腕を回したり、ごく一般的な体操で体をならした後に、すり足が始まる。

全員が列をなし、すり足で土俵内を繰り返し移動する。途端に空気が埃《ほこり》っぽくなった。遥は、乾いた唇を湿らせながらすり足を続けた。

「速く」

三年男子の中で一番体の大きい松永《まつなが》部長が声を出すと、今までの倍くらいの速さですり足をする。

「遥、脇締めて」

七海先輩が遥に声をかける。

「はい」

声をかけられたことはもちろん、先輩から名前を呼ばれたことで一気に距離が縮まったような気がして、遥は嬉しくなった。

すり足が終わると、申し合いが始まった。

申し合いとは、試合同様に相撲を取る稽古だ。練習初日の遥は、申し合いは見学するよう言われ、土俵外で待った。申し合いが終わった人から間髪《かんぱつ》を容《い》れずにぶつかり稽古が始まる。

「遥、ぶつかれそう？」

七海先輩に訊かれ、

「はい」

遥は覚悟したように返事をして、ぶつかり稽古の列に並んだ。


相撲のルールは至ってシンプルだ。土俵の外に押し出されるか、足の裏以外の部分に土がつけば負け。いかに自分のバランスを崩さずに、相手のバランスを崩すかという競技だ。そのためにも重心を安定させることが一番重要になる。低い姿勢をキープするために、練習内容も下半身を強化するものが多い。

ぶつかり稽古は、押す方と押される側に分かれ、押す方は腰を入れて低い姿勢を保ったまま相手を土俵際まで押し続けるのだ。

蹲踞の姿勢も四股の踏み方もコツはすぐに思い出すが、抵抗を感じていた。小学生の頃は足を大きく開くことになどなんの恥じらいもなかったが、今はさすがに大股を開くことにすら違和感を覚える。

しかし、一度やってしまえば恥じらいなどと言っている余裕はなかった。蹲踞の姿勢をとるだけで上半身はぐらつき、四股を続けると、支える方の足は悲鳴を上げていた。

そんな遥にはお構いなしで、ぶつかり稽古の順番が回ってくる。女子の相手は当然女子だろうと高を括《くく》っていた遥は次の瞬間、啞然《あぜん》とする。

「よしこい！」

と、両手を広げて構えたのは、健太郎だった。

健太郎が好きなわけでもないのに、意識とは反対に心臓が早打ちし出す。

練習、と、自分に言い聞かせる。けど、小学生の頃とは話が違う。十七歳の女子が、同じ年の男子の肌に触れるのだ。遥が逃げ出したい衝動と必死に戦っていたその時、パシン！と乾いた音が鳴った。

七海先輩が健太郎にぶつかった音だった。七海先輩はそのまま力を込め、健太郎を土俵外まで押し出した。

「次！」

健太郎が再び構えると、次は乙葉がぶつかっていく。乙葉の次は遥だ。遥の後ろには、入部したての一年男子が続いている。

もう一つの列で押される役をしているのは、健太郎の倍以上はある部員で、その列に並んでいるのは、二、三年の、いかにも相撲部って感じの男子たちだ。

もう逃げられない。

「星川！」

名前を呼ばれて我に返る。

「はい！　お願いします！」

遥はすうっと息を吸うと、健太郎にぶつかっていった。

勢いよく突っ込んでいるつもりでも、乙葉たちがぶつかった時のような、パシンという乾いた音は鳴らない。

「俺の体を押し上げることを意識して」

「脇を締めて、足を前に出す」

健太郎のアドバイスを意識すると、体の方が先に感覚を思い出し始めた。

健太郎の胸の下あたりに両手を当て、ぐっと持ち上げるように力を入れる。健太郎の体は華奢な見た目からは想像出来ないほど、ずっしりと重かった。

歯を食いしばり、力を込めて押し出す。ずる、ずる、とようやく健太郎の体が動き始める。

ここで力を抜くと、そこから一歩も進めなくなることを、遥は経験から知っていた。

このまま、押す、前へ、前へ……。

それだけを考えて、力を込める。なんとか健太郎を土俵の外まで押し出した頃には息が上がっていた。土俵際で一度しっかり腰を落としてから、重たい体を引きずるように、もう一度ぶつかる。

照れとか恥じらいみたいなものは、一度ぶつかるとはじけ飛んだように消えた。

ぶつかっては押し、ぶつかっては押す。

何度も繰り返すうちに頭はぼうっとし、体は鉛のように重くなった。すぐにでも座り込んでしまいたいのに、体が勝手に動いた。

「あと一本！」

七海先輩の声が響く。

遥は最後の力を振り絞って、健太郎をなんとか土俵外まで押し出し、崩れるようにしゃがみ込んだ。

「星川、大丈夫か？」

健太郎が声をかける。遥は肩で息をしながら、小さく頷いた。すぐに乙葉と七海先輩が駆け寄ってきて、遥の腕を引き、立たせる。

「ごめんごめん、つい新入部員だってこと忘れちゃう」

乙葉が笑った。

「うん、まあ、普通初日でここまで出来ないよね。やっぱ根性あるんだ」

七海先輩が感心したように遥を見る。

「少し休んでて」

そう言って、乙葉は稽古に戻った。遥は水分を取ろうと、立ち上がった……瞬間、目の前が真っ暗になった。


「大丈夫か」

吉田先生が遥の顔を覗き込んでいた。

「わっ」

視界がくっきりした途端に飛び込んできたいかつい顔に、遥は驚いた。

「おい、そんなに驚くなよ。俺だって傷つくぞ」

「すみません……」

遥が目を開けたのは保健室のベッドの上だった。辺りを見回す。運ばれてから外したのか、横にあるパイプ椅子の背もたれにまわしがかけてあった。

「お前、倒れたんだよ」

吉田先生は、ホッとしたように「ったく」と、微笑んだ。微笑んでも怖い顔に変わりはないが、よほど心配をかけたのだと申し訳ない気持ちになった。

「すみません……私、どうやってここまで」

「健太郎がおんぶ。あいつ早かったなあ。下半身がいいんだな、やっぱ」

吉田先生は起き上がろうとする遥を制し、養護《ようご》の先生を呼びに行った。

遥は少し体を伸ばす。足がすでに筋肉痛になっていることに気づき、思わず「早っ」とツッコむ。

保健室の戸が開いたかと思うと、

「失礼しまーす」

と、健太郎が入ってきた。

「あ」

目が合って、思わず起き上がる。

「寝てろよ。大丈夫か？」

健太郎は心配そうに訊ねる。

「うん。なんかすっきりした」

「乙葉もすげー心配してた。吉田先生は？」

「あ、養護の先生呼びに……あの、ここまで運んでくれて、ありがとう」

「ああ」と言って、健太郎はまわしをかけてあるパイプ椅子に腰を下ろした。

「あのさ、経験者だからって無理しすぎて体壊したら、意味ないだろ……って俺も止めなくてごめん」

「そんな、謝んないでよ」

「星川ってさ……」

「……何？」

おんぶしたら重かったとか、そんなことを言われるのだろうと覚悟する。

「もしかして、相撲部に入ったこと、クラスの奴とかに内緒にしてる？」

「ううん、内緒っていうか、特に話してないだけ」

「ならいいんだけど……いや、星川のことまわし着けたままおんぶしてきちゃったからさ、いろんな人に見られて……星川が相撲部だってことがバレちゃったなあと思ってさ」

「ああ……」

別に内緒にしていたわけではないが、あえて自分から公表しようとは思っていなかった。バレたことはちょっと恥ずかしい反面、開き直れるいいチャンスかも、くらいに思っていたが、現実は、そんなに甘くはなかった。

翌日、教室に入るなり、

「ちょっと遥、相撲部入ったって本当？」

「ねえ、なんで相撲？」

アイちんとミナが、食い気味に訊いてくる。

「しかもふんどしつけてたって、マジ？　その下は何穿いてんの？」

お決まりの質問に、はいはいといった感じで答える。

「ふんどしじゃなくてまわし、ね。私は仮入部、まだ正式にやるって決めたわけじゃないし……」

やる気満々で倒れるまで稽古した翌日に、そんなことを言ってる自分の矛盾に口ごもる。

「だよねえ。だって相撲だよ？　なんでわざわざデブ競技？」

アイちんの心無い発言に、遥は真顔になった。

「ちょっと！」

遥が言うより先に、誰かが声を上げた。みんなが声の主を振り返ると、そこには乙葉が仁王立ちでこっちを睨んでいた。

「今なんつった？　デブ競技って言わなかった？」

「……まあ、まあ一般論ね。別に乙葉がデブとか言ってないし」

アイちんは、笑って「ねえ?」とミナに同意を求めた。

「私は自分のこと言われるならまだまし。相撲のこと悪く言わないで!」

アイちんはちょっとひいた感じでミナと顔を見合わせた。

「何も知らないくせに、まわしとか、裸とか、見た目でしか物事判断出来ないって恥ずかしくないの⁉」

相撲バカの乙葉の熱弁に、アイちんは半分頷き、半分失笑といった感じで「いこ」とその場を離れた。

「乙葉、ちょっと……」

遥は、乙葉を廊下に連れ出した。

「気持ちはわかるけど、相撲を知らない人に熱くなっても無駄。ほっとけばいいじゃん」

乙葉の興奮は収まらなかった。

「だって、あんなふうに言われて、遥、悔しくないの?」

悔しい、でも相撲を始めたばかりの遥にしてみれば、正直まだその他大勢の相撲をしていない女子の気持ちの方が理解出来る。

「仕方なくない? 女子相撲はまだまだマイナー競技だし、ああゆう興味のもたれ方するのは、今に始まったことじゃないじゃん。いちいち熱くなるなんて乙葉らしくないよ」

「だって……」

乙葉は口を尖らせた。

「？」

遥は乙葉の言葉を待つ。

「私は、何言われても平気、一人なら全然平気だったけど、遥が言われるのは嫌なの！」

嬉しかった。乙葉が熱くなっている理由が女子相撲をかばっているからではなく、自分をかばってくれていることが嬉しかった。

「ありがと。でも私も別に平気だよ。まわし姿見られたのはちょっと失敗だったけどね」

そう発言した途端、乙葉の顔つきが変わった。

「失敗って？　どういうこと？」

「まあ、あまり見られたくはないよね、土俵の外では」

乙葉は信じられないといった顔で遥を見た。

「遥、まわしが恥ずかしいとか思ってる？」

「当たり前じゃん、そりゃ抵抗あるよ」

乙葉は遥の顔をじっと見て、ひらめいたといった感じで手を打った。

放課後部活に行くと、乙葉が吉田先生に何やら話していた。

気にせずに七海先輩とまわしを締め合い、稽古場に入ると、乙葉が「じゃあ行きましょう」と、靴を履いた。

「え？　ちょっと、行くってどこへ？」

遥が乙葉に訊ねる。

「ジョギング五キロの特別メニュー。先生にはさっき許可とったから」

乙葉はシューズを履いて、さっさと道場を出て行く。

「え？　ちょっと、乙葉！　まわしは？」

「着けたまま！」

乙葉は振り向きもせずに答える。

「遥、まさか……」

七海先輩が、迷惑そうな顔で遥を睨む。

「乙葉に、まわしが恥ずかしい、とか言った？」

「あー、はい……」

七海先輩は大きなため息をついてから、

「それ絶対言っちゃダメだから！」

と声を張った。

「前に一人女子部員が迷い込んできた時も、まわしがどうしても恥ずかしいって言うその子のために、やったのよ。まわしで五キロのジョギング」

乙葉がしようとしているのは、まわしを着けて街中をジョギングすることで、まわしに対する抵抗を軽減するという、ショック療法なのだそうだ。

「えーっ、まわし、外しましょうよ！」

遥は七海先輩に懇願《こんがん》する。

「無理、乙葉もう行っちゃったし。まあ、遅かれ早かれ、一度は通る道だと思って。慣れれば平気だから」

そんな慣れ、いらない。遥は心から思う。

「あの、その子、ジョギングさせられたっていう、その子はどうしたんですか？」

「退部した。しかもジョギング中に」

そうだよね、そうだよ、当然だよ。

「でも、私と乙葉は、続いてるから、大丈夫、大丈夫」

遥は、七海先輩について、渋々走り出す。

走っていると、まわしが緩んでくるような気がして気になるし、いちいち揺れて重い。

「歩いてもいいよー」

乙葉の声が飛んでくる。このジョギングの目的は体力づくりではなく、あくまでまわしに慣れるためだけの儀式なのだ。

それでもさすがに人通りの多い街中では立ち止まりたくなくて、土手に差し掛かってから、遥は足を止めた。

猫じゃらしを振り回しながら歩いていた、その時だった。

「遥？」

名前を呼ばれた、刹那《せつな》。聞き覚えのある声に嫌な予感が全身を走り抜けた。

「うそ、遥……」

振り返ると、そこに一組のカップルが立っていた。

勇人と結衣だった。


遥はジョギングから戻ると、そのまま女子更衣室に入ったきり、鍵をかけて閉じこもった。

「遥？　遥ー」

「遥、どうしたの？　ねえ、遥？」

乙葉と七海先輩がドアをノックしながら、遥に声をかける。

「大丈夫だから……少し、休ませて」

遥の低いトーンに乙葉と七海先輩は顔を見合わせ、稽古場に戻った。

遥は、外したまわしを丸め、大きなため息をつく。

「なんで、よりによって……」


土手で遥を呼び止めたのは、結衣と勇人だった。

遥のまわし姿を見た勇人は、持っていたカバンをその場に落とすという、古典的なリアクションで驚いた。

遥の体は一瞬にして固まり、体中の血という血が一気に脳天にまで逆流した感覚に襲われた。まわしを着けている言い訳を必死に探した。

勇人の隣にいた結衣は、こみ上げる笑いと必死に戦いながら、

「遥、久しぶり……え、それって、もしかして、相撲？」

と、声を絞り出した。

「おい」

勇人は笑う結衣をたしなめたが、結衣は「だって……」と笑い続けた。

遥はその場から逃げ出した。

結衣が呼ぶ声を振り切り、加速する。とにかくまわしを外そうとするが足は止めたくなくて、まわしをしっぽのようにひらひらとなびかせながら、遥は土手を走り続けた。

「遥！」


遥は、稽古が始まったのを見計らって女子更衣室を出ると、水場に行ってまわしを洗った。土手を引きずったせいで、白かったはずのまわしには草の汁や泥が模様のようについていた。黒いまわしだったらよかったな、と思いながら、デッキブラシでまわしをこする。硬い布で出来たまわしは、こうして洗うのが一番なのだ。

必死に手を動かしている間も、遥の脳裏には勇人の唖然とした顔がべったりとはりついたままだった。その隣には結衣の笑い顔もセットでついてくる。結衣が「遥のまわし姿を見た」と、学校で触れ回る姿は容易に想像出来た。

そんなことを想像する度、遥の心は重くなった。

赤ずきんちゃんが、おばあさんを食べたオオカミのお腹をはさみでチョキチョキ切って、おばあさんを助け出し、その代わりに石をお腹に入れていく場面を思い出す。

ごろ、ごろ、ごろ。

石が胸に何個も入っている。遥の胸は今まさにそんな感じで、気を抜いて下を覗き込めば、どこへでも転げ落ちていきそうなほどだった。


「遥」

練習を抜けてきた乙葉が、様子を見にやってくる。

「……さっき土手で会ったのって、前の学校の？」

遥は黙って頷いた。

「まわし姿見られるの嫌だった？」

まわしが恥ずかしいとか以前に、そもそも絶対に会いたくない二人だった。

「……別に」

「だよね、裸にまわしってわけじゃないしねえ」

相撲好きな乙葉の励ましは、やっぱり少しズレている。

「でも、まわしでジョギングは、もう絶対にやだ」

やんわり乙葉を責める。

勇人たちに会ったのは乙葉のせいではない。わかっているけど、ジョギングに出なければ、会うことはなかったのだから。

「なんで？」

天然相撲バカは、当たり前のように訊き返す。

「私なんて去年の文化祭、まわし着けたままフォークダンス踊って、超ウケたよ」

「それは、乙葉だから出来ることであって、私には無理だから」

「……遥、やっぱり相撲が恥ずかしいとか思ってる？」

乙葉が真顔で突っかかる。

「そうじゃないけど……」

言葉が切れる。

「けど？」

「私は……乙葉とは違うの！　乙葉みたいにいつでも、どこでも、誰の前でも相撲のことばかり考えていられないの」

違う、乙葉みたいに自信を持って、相撲が好き、相撲をしてるって言えない自分にイラツいているだけなんだと気づく。

『誇れる自分』一二三先生の言葉を思い出す。

誇れる自分になっているか、それが本当に強くなるということ。だから乙葉は強い、いつだって自分に絶対的な自信がある。わかっているのに、口をついて出てくるのはひねくれた言葉ばかりだった。

「乙葉はいいよね、恵まれてて……」

「恵まれてる？」

乙葉が訊き返す。

「かわいいし、スタイルも良くて、相撲も強い。何をやっても許されるっていうかさ。私とは違うよ」

自分を卑下《ひげ》する言葉は一度吐き出すと止まらない。

「わかった、んない！」

乙葉が叫ぶ。

「え？　何？」

「わかったって言おうと思ったけど、全然わかんない！」

乙葉はそう言って、練習に戻った。

結局、その日一日、遥の練習はまわしの洗濯で終わった。

いつも一緒に帰る乙葉を待たずに、遥は一人で部室を後にした。

くれた。


「お先に失礼します」

部室を出る時、誰に言うでもなく挨拶すると、七海先輩だけが「お疲れ」と言葉を返してくれた。

翌日、いつもなら朝から鬱陶しいくらいに話しかけてくる乙葉が、一度も遥の席に近づいてこなかった。

遥は、以前の生活に戻っただけ、と自分のペースで時間をやり過ごしたが、いつもより時間が経つのが長く感じられた。

昨日、興味本位で相撲部のことを訊いてきたクラスメイトは、今日はテレビの話題に夢中だ。女子の話題なんて流動的で、自分が気にするよりも、案外、人は自分のことなど気にかけていないものだと気づく。

昨夜、結衣のSNSにアクセスしようとしてやめた。

自分に会ったことを書かれていても嫌だし、スルーされても傷つく。もし何も書かれてなくても、私立高校に通う女子高生のリア充の投稿がそこにはあるはずで、それに嫉妬する自分も嫌だった。

結局、その日、遥と乙葉は放課後まで言葉を交わさなかった。

それでも、遥は授業が終わるとまっすぐ稽古場に向かった。

昨日洗ったまわしはまだひんやりと冷たかった。遥が予備のまわしを探している時だった。

「遥？」

声をかけられ振り返ると、乙葉は驚いた顔で立っていた。

「……何？」

遥は乙葉のリアクションの意味がわからず、訊ねた。

「ううん、別に……」

互いに黙って着替えた。乙葉は手早くまわしを着け更衣室を出て行った。

遥は、少し遅れてきた七海先輩に手伝ってもらいながらまわしを締めた。

「正直、遥は今日休むだろうなって、思ってた」

七海先輩に言われ、乙葉の驚いた顔の意味に気づく。

「七海先輩は、やめようと思ったことないですか？　相撲」

遥の質問に七海先輩は優しく笑って言った。

「あるに決まってんでしょ！」

「え、マジですか？」

「ちょっと、なにその意外みたいな言い方」

「いや、でも、ちょっと意外……」

「私は乙葉みたいな相撲バカじゃないからね」

「すみません」

「私、四人兄弟の一番上で、お金のかかる習い事とかさせてもらえなくて、近所のちびっこ相撲クラブならタダで入れて、おまけに大会に優勝するとお米とかもらえてさ」

「優勝賞品は、うちの方もお米でした」

「両親が喜んでくれるのが嬉しくて、毎年大会出るうちに、相撲部に誘われて。けど、中学入る時も、高校入る時も、やめたいって思ったよ。ま、結局ずるずる続けちゃってるんだけどねえ」

七海先輩の言葉に、遥は心にたまった澱《おり》のようなものが溶けていくのを感じた。

迷いながら相撲をすることに、どこか後ろめたさに似た気持ちを持っていた。でも、そう感じているのが自分だけじゃないとわかったことが嬉しかった。

「でも、どんな競技でもそうだと思うんだ。壁にぶつかれば迷ったりやめたくなったり、なんでこんなつらい練習してんだろ、とかさ。私はたまたまそれが相撲だった、ってだけ。それに……」

七海先輩はまわしの端をギュッと固く結んで、続けた。

「相撲は日本で生まれた競技だし、日本一になって世界大会とか行ったら、みんなが私を目標にするわけでしょ？　それってすごいことじゃない？　今はそのプライドを持ってやってる」

プライド。七海先輩もちゃんと誇りを持って相撲をしている。

「……すみませんでした」

「え、なんで謝るの⁉」

七海先輩は「頭上げて」と笑ってくれたけど、遥は申し訳ない気持ちでいっぱいだった。

相撲を恥ずかしいと思うことは、七海先輩と乙葉のプライドを傷つけることなんだと遥は思った。

これだけの強い気持ちと誇りを持って相撲に取り組んでいる二人を前に、自分の覚悟のなさが情けなかった。

「乙葉が待ってるよ」

七海先輩に背中を押され、遥は稽古場へ向かった。

稽古はいつも通り、四股、すり足、申し合いと進んだ。

初日のように具合が悪くなることはなかったが、しんどさは同じだった。

「おい、お前たち、なんかあったのか？」

吉田先生が遥に声をかけてきた。いつも一緒にいる遥と乙葉が、一言も話さず、目も合わせないことで、稽古場にいる誰もが二人の異変を察していた。

遥が何か答える前に、

「まあ、こうやって部活に来てるんだから、大丈夫か」

と、先生は自分で結論づけた。

「でも、向こうは怒ってると思います」

遥が答えると、先生は面白いものでも見つけたように目を輝かせた。

「お前、何かやらかしたのか？　痴情のもつれじゃねえだろうなあ、おい」

「チジョウ？」

遥が訊き返すと、先生は「男だよ、男か？」と前のめりになって訊いてきた。

「違います！　私が……私の相撲に対する覚悟が足りないっていうか、あとまあ、簡単に言えば、私が乙葉の才能に嫉妬したんです」

先生は「お前らぜんぜん、色気ねえな」と笑った。

「よし、乙葉！　星川と相撲取れ」

「えっ⁉」

遥は先生を見た。

「十番取ってみろ」

「乙葉と十番なんて、無理ですよ！」

「無理かどうかは俺が決める」

乙葉は、すでに土俵に入り、仕切り線の土を足で払っている。

「星川、思いっきりやってみろ」

遥は困惑しながら乙葉の前に立つ。

遥と乙葉が土俵で向かい合うのは、小学生以来だった。

この数日の練習を見た限り、乙葉の取り組み方は、小学生の時からあまり変わっていない。見合ってから飛び出すまでの一瞬の間合いに独特のうまさがあって、初めて組む相手はそのやりにくさで、自分のペースを見失う。

乙葉にはその一瞬の隙を絶対に見逃さない、瞬時の判断力がある。チャンスは必ずものにするタイプの選手だ。

遥は、仕切り線に軽く握った両手をついて、構える。

稽古で取る相撲には掛け声も審判もいない。戦う両者の間合いで試合が始まるのだ。

軽く握った右手だけを仕切り線につき、飛び出す直前に左手をつくのが乙葉の飛び出し方だ。それも小学生の時から変わっていなかった。

遥は乙葉の飛び出しをじっと待つ。

一番目、まっすぐぶつかってくる乙葉を遥は正面で受け止めた。

バチン、と、はじけるような音が稽古場に響く。

あまりの重さに遥は顔をゆがめる。なんとか少しでも乙葉を押し返そうと力を込める。が、乙葉はびくともしない。乙葉は頭を遥の右肩にしっかりとつけ、腰を落とし、チャンスを見計らっている。まるで動かない壁を相手にしているような感覚に襲われる、体勢を変えようと力を入れ替えた刹那、体がふわっと浮いたような気がした。

気がつけば、遥の足は既に土俵の外に出ていた。あまりに一瞬の出来事で、遥は呆然《ぼうぜん》とした。

「星川！　なにぼーっとしてんだ」

吉田先生の声で我に返る。

なんだったんだろう、今のスピードは。

見合ってから押し出されるまでが、一瞬だった。ぶつかった、と思ったら、もう外にいた、そんな感じだ。

二番目。同じように乙葉を正面で受ける、どうにかしなければと頭では冷静に考えるが、気持ちは焦《あせ》る。何も出来ないまま、気づけばまわしを取られ、簡単に投げ出された。

「星川、お前何キロだ」

先生が訊いてくる。

「四十九キロです！」

遥は叫んだ。

「乙葉は！」

「六十一です」

「考えろ。十二キロ差だぞ、真正面で当たって勝てんのか？　頭つかえ、星川」

「はい！」

わかってる、真正面で受けたら勝てない。横につくか、乙葉の力がどちらかに偏った瞬間を狙えればチャンスがある……頭ではわかっている。しかし、一度も乙葉の体勢を崩すことが出来ないまま、四番、五番、六番と乙葉に取られていった。

「ほら、ラストだぞ、星川！　根性見せろ」

「はい！」

先生の喝に気合いで返事をする。

遥は考えながら、仕切り線に両手をついた。まともにやって勝てる状態じゃない、体力も限界、息も完全に上がっている。ただ、小学生の時に何度となく取り組みをした乙葉の間合いが、遥には心地好いものになっていた。

十番目。

息の合った間合いで組み合う。

一瞬でいい……隙が出来れば、そこを取れれば……押されながら遥は必死に食らいつく。遥の足が俵にかかる。もうダメか、寄り切られる……。

「星川、俵に足がかかってからが勝負だぞ！」

先生の声が響く。

遥は俵にかかった足にだけ力を込め、上半身の力を抜く。と、それまで互いに押し合っていた力の一方が弱まったことで、乙葉が一瞬体勢を崩した。

観ていた誰もが一瞬息を呑む。

しかし、一番焦ったのは遥だった。不意に乙葉が体勢を崩したことに焦り、技をかけそこね、乙葉にそのまま寄り切られて、あっさり負け。

「なーんだよ！　いまのぉ！　星川ぁ！　てめぇー！！！！」

相手の体勢を崩しながら何も手出し出来なかった遥に先生の怒りは頂点に達した。

「星川！　四股、百回！」

怒号が稽古場に響いた。

「はい！」


遥が四股を踏んでいると、先生が近づいてきて声をかけた。

「お前、さっきの試合、最後勝ったと思ったろ？」

先生は意地悪そうに言った。

「……はい」

遥は正直に答えた。

最後の一番で寄り切られた時、乙葉が一瞬体勢を崩した瞬間、行けると思った。なのに、何も出来なかったことが悔しかった。一つも勝てなかったことより、チャンスをものに出来なかった自分の下手さに腹が立った。

「なんで勝てなかったか教えてやる」

遥は四股の足を止めて先生の顔を見た。

「あいつは、いつでも本気だ。本当に勝負が決まるまでは絶対に手を抜かねぇんだよ。稽古でも試合でも、相手が格下だろうが、重量級だろうが、百パーセントの力を出す」

先生は、隣の土俵にいる乙葉を見ながら続けた。

乙葉は男子部員の胸を借りてぶつかり稽古をしていた。

「さっきは……二百パーセント出てたぞ」

「え？」

先生の言わんとしていることが、遥にはわからなかった。

「女同士のいざこざは、俺にはわからねえけど、さっきの取り組みを見ている限り、乙葉はお前と仲直りしたいように見えたっつーことだ」

乙葉が本気でぶつかってきたことは、遥にもわかっていた。

本気でやれよ、相撲なめんなよ、と言われている気がした。


部活が終わり、遥が自転車置き場まで歩いていくと、先に出た乙葉が待っていた。乙葉は、何も言わずに、遥の横にピタリと自転車をつけて歩き始めた。

「すもう」

遥が「う、だよ」と、しりとりを始める。

「うっちゃり」

「りきし」

「しこ」

「こ……。ご、でもいい？」

遥が訊ねると、乙葉が「いいよ」と頷く。

「……ごめん」

「遥の負け」

二人は顔を見合わせて笑った。

「遥に話したことなかったな、と思ってさ」

乙葉は唐突に話し始めた。

「何を？」

「私が相撲を始めた理由」

そういえば聞いたことがなかった。お父さんが元力士で、その影響だと勝手に決めつけていたし、普段の相撲バカぶりを見ていれば、乙葉が相撲を愛してることに理由なんてなくてもいい気がした。

「小さい頃はね、相撲なんか大っ嫌いだったの」

乙葉が遠くに視線を投げた。

「嘘でしょ」

遥が鼻で笑った。

「ほんと」

乙葉が相撲を嫌いだった時期があるなんて、サルがバナナを嫌いって言うようなものだ。にわかには信じられず「うそうそ」と、遥は笑い飛ばした。

「小学校に入学してから、お前の父ちゃんデブとか、トイレどうやってしてるんだとか、飛行機で二人分の席に座るんだろとか……相撲ネタで散々いじられて、それで大嫌いになった」

「今の乙葉ならそんなこと言う奴ら、片っ端から投げ飛ばしそうだけどね」

乙葉は、苦笑して目を伏せた。

「お父さんに言ったの。相撲取りじゃなくて普通のお父さんがよかったって。相撲なんて大嫌いって……私はそのまま学校に行って……その日、お父さんは交通事故に遭ったんだ」

遥は乙葉の顔を見た。

一二三先生の言葉が遥の脳裏を駆け巡る。

「乙葉が小学生に上がった年の秋に交通事故で亡くなってね……」

乙葉の目から、涙の粒がぽろっと落ちた。

「でも、本当は大好きだったの、相撲も、お父さんも。だから、それからずっと後悔してた。……苦しかった……そんな時にね、一二三先生に出会ったの」

乙葉は、涙をささっとぬぐって笑った。

「相撲なんてやったこともないのに、私がお父さんの娘だって知ったら、一二三先生いきなり男子と相撲取ってみろって、無理やり土俵に立たされて……そしたら、勝っちゃったんだよね。やっぱり」

乙葉はぐしゃぐしゃに泣きながら、しゃくりあげるように話し続けた。

「私、やっぱり相撲が好きなんだって思った。だから、相撲を続けてれば、お父さんもわかってくれるかなって思うんだ。私が、本当は相撲が大好きだってこと」

遥は、乙葉の涙をハンカチでぬぐってやった。

「だから私は好きなものは好きってちゃんと言う。恥ずかしくても、周りにどう思われても、ちゃんと言うって決めたの」

「知らなかった……」

遥が言うと、乙葉は笑って頷いた。

「だって、誰かに話すの初めてだもん」

わかる。

遥は思った。本当の悲しみは口にも出せない。

思い出すだけで心が押しつぶされそうになる。

誰かに話せば少しは楽になるのかもしれない。でも、そんな判断も出来ないくらい、追い詰められることが、小学生の遥にもあった。

その時に助けてくれたのが乙葉だったことを遥は思い出していた。

「四年間」

遥は、もらい泣きの涙をぬぐって、吐き出した。

「え？」

乙葉は聞き返す。

「四年間、好きだったんだ。こないだ会った人のこと」

遥は勇人と結衣のことを乙葉に話した。

勇人は四年間片思いをした相手であること、父の会社が倒産したせいで前の学校をやめなければならなかったこと、転校前に親友だった結衣が勇人と付き合い始めたこと。そして、両親の離婚。

乙葉は、じっと黙って遥の話を聞いていた。

「まわし姿をそんな二人に見られて、こないだはちょっとパニクった……ごめん」

「話してくれてありがとう」

乙葉は笑った。

「でもさ、そこの気持ちはやっぱ理解出来ないわー」

「ええ？」

「好きな人に見られても、私全然恥ずかしくない。むしろ見てって感じ」

相撲を始めたきっかけと、相撲バカの脳構造は無関係なのだと、遥は呆《あき》れる。

「乙葉も、好きな人が出来ればわかるよ」

「……いるよ」

あっさり答える乙葉に、遥はおもわずツッコむ。

「鷹《たか》の山《やま》じゃないよね？」

鷹の山というのは、乙葉が昔から好きな大相撲力士のしこ名だ。

「当たり前じゃん、違うよ」

「え？　は？　いるの？」

「なに、その意外みたいなの。ちゃんといます」

乙葉は、遥に顔を近づけると、好きな人の名前を耳打ちした。

聞いた瞬間、遥の足が止まる。

乙葉はそんな遥をおいたまま、歩き続けた。

「絶対に内緒だよ」

少し先を歩く乙葉が振り返り笑う。その顔は完全に乙女の顔だった。

「ちょっと……」

遥はスピードを上げ、乙葉に追いつく。

遥は帰宅してからも乙葉の言葉を何度も反芻《はんすう》した。

やはり乙葉は脳みそまで相撲で出来ているのか？　土俵の上に立つと無心でいられるってことなのか？　でも十七歳の女子がひとかけらの羞恥心もなく好きな男子の前で取り組み出来るものなの？

次々と浮かんだ疑問はどれも答えが出ないまま、遥はソファに寝転がって無理やり瞼を閉じた。母が帰るまでひと眠りしようと、何も考えず、ただ眠ることだけに意識を集中する。しかし、どれだけ頭を空っぽにしても、耳に記録された遥の声が繰り返しリピートする。

「健太郎が好きなの、小さい頃からずっと」

その度に遥はツッコミを入れる。

「冗談でしょ」

恋愛を相撲の対局にあるものだと勝手に思い込んでいた。ましてや、相撲バカの乙葉に好きな人がいるとは思ってもみなかった。

テレビをつけると、七月スタートの新ドラマの宣伝が流れてきた。

海辺を舞台に、旬だけど見るからに二十歳を超えている俳優たちが高校生を演じる、学園恋愛ものらしかった。

恋愛ものに、百パー、相撲部は出てこない。

そんな相撲部でも恋はするんだぞ、と、思いながら、テレビの前で四股を踏む。

夏がすぐそこまで来ていた。

十両

強くなりたい

「ええーっ！」

練習前に何気に体重計に載って、出た数字に驚く。

「何キロ増えた？」

七海先輩が意地悪そうに微笑む。

「ごじゅうよん……」

確かにここ最近、稽古で疲れて帰ってからのご飯が美味しくて、前よりもちょっと多く、いや、倍くらいの量は食べていたけど……たった一か月で五キロも増えたことに、遥自身が驚いた。

「ちょっと、もう一回」

と、稽古場の体重計に再び載ろうとする遥に、乙葉と七海先輩が、せーので冷たい視線を投げてきた。

「ムダムダ、何度計ってもおんなじ」

と、乙葉が体重計を片付け始めた。

「筋肉もつくし体重増えて当たり前、現実を受け止めなさい」

七海先輩が冷静に突っ込む。

「そうそう、あたしと同じ軽量級でがんばろ！」

乙葉がニカッと笑う。

体重が増えることより、そっちの方が嫌なんだけど、と遥は思った。


夏が近づくと、相撲部の練習は熱を帯びた。高校総体県予選の決勝で敗れインターハイ出場を逃した男子は、次に行われるブロック大会こそは勝つぞ、と意気込んでいる。

マネージャーに徹していると言いつつも健太郎は、練習が始まれば部員と同じメニューをこなし、三番稽古もする。

けど、申し合いが始まると、健太郎の出番はほとんどなくなった。

申し合いというのは試合形式の練習だが、勝った人が次の相手を指名するという勝ち抜き方式のため、弱い人は必然的に出番がなくなる。だから、健太郎は申し合いになると土俵脇で試合を眺めることが多くなる。そんな健太郎の姿に、遥はまだ慣れずにいた。遥の記憶の中の健太郎は、森道場で一番強くて、いつも自信に溢れていた。

「女子、ちょっと集まれ」

吉田先生に呼ばれ、女子のミーティングが始まった。

「次の試合だけどな、団体戦でのエントリーは……すまん！」

先生は珍しくしょげた表情で言った。

「ダメだったんですね」

七海先輩は、ことの成り行きを理解しているような口ぶりで言った。

「関東は例年通りN大のみの出場で決定したとさっき連絡があった。創部間もない部を予選もなくエントリーさせることに、役員たちが難色を示しているらしくてな……かといって、今から関東のブロック予選を組むってのも難しい話だしな」


女子相撲の全国大会には団体戦と個人戦がある。

個人戦はエントリーすれば全員が試合に出られるが、団体戦に出場出来るのは、各ブロックで選ばれた代表チームだ。その選考方法はブロックにより異なる。九州や北陸など、女子相撲が盛んな地域では、各県の代表チームがブロック大会でぶつかり、優勝チームがブロック代表として全国大会に出場する。

しかし、関東ではN大学女子相撲部がある東京都以外、チームを組める県は今まで存在しなかった。だから、予選をするまでもなくN大が出場してきた。

女子相撲の団体戦のチーム構成は三人。そのたった三名さえも出せない県が多いという競技人口の少なさが、女子相撲の現状だ。

「納得出来ないなあ……」

七海先輩がつぶやく。

「そうですよ！　納得出来ません！　うちにだって出場資格はあるじゃないですか！　予選くらいしてくれたっていいじゃないですか！」

それまで黙って聞いていた乙葉が爆発した。

「……私、ちょっと行ってくる！」

出て行こうとする乙葉を七海先輩が引き止めた。

「行くってどこ行くのよ、バカ」

「協会とか、そういうとこでしょ？　わかんないけど調べて行ってきます！」

「先生が行ってダメなもの、乙葉が行ってどうにかなるわけないじゃん」

「だって……じゃあ、団体戦には、これからもずっと出られないってことですか？」

乙葉の声は震えていた。

「まあ、待てって」

先生が、ペットボトルの水を飲み干した。夏は五百ミリのペットボトルじゃ足りないらしく、二リットルペットボトルをラッパ飲みだ。

「協会にも掛け合ったが、関東に予選会を設けるか、エントリーした団体すべてを出場させるか、その規定を変更するのは、今シーズンは無理だってことだ。けど、俺だってこのまま引き下がるとは言ってねえぞ」

「え？」

全員が先生の顔を見た。先生はニヤリと不敵な笑みを浮かべた。サイのようにいかつい顔は、笑うと不気味さを増した。

「要は、実績だろ？」

「でも、予選もないのに実績って言われても」

七海先輩がいぶかしそうに言った。

「お前らやっぱバカだな」

吉田先生は飲み終わった二リットルペットボトルをパンパンと鳴らしながら言った。

「バカじゃなきゃ女に相撲なんか出来ないって、先生いつも言ってるじゃないですか」

乙葉がつっかかる。

「おい、耳の穴をかっぽじってよく聞け。N大の団体戦の選手はそれぞれ軽量級の井本順子《いもとじゅんこ》、中量級の橋田美月《はしだみづき》、無差別の郷田静《ごうだしずか》だ。こいつらみんな、次の試合の個人戦にもエントリーしてくる。団体で当たれないなら、個人戦でそいつらを負かせば、それだけで十分実績になるってこった」

遥の脳裏に「無理」という文字が一瞬にして流れた瞬間だった。

「そっか！」

乙葉のお気楽能天気なトーンの声が響いた。

「そうよ」

先生がニンマリ笑って乙葉に頷く。

バカだ、この二人、完全なる相撲バカだ。

でもそんなふうに、一つのことにバカになれるほど、打ち込めることがうらやましくもあった。乙葉は団体戦をこれっぽちも諦《あきら》めていない。勝負の場自体がないのに、そこから作ろうとしている。

すごい、と思いつつ、乙葉の一生懸命さがどこか遠く感じられた。自分にだって関わりがあることなのに、乙葉と自分の間にはまだ大きな川が一本流れているような気がした。

そう感じる距離が、まだ本当の相撲部になれていない証のようで、遥はひたすら稽古に打ち込んだ。

「目指せ三階級制覇！　遥・軽量級、七海・中量級、乙葉・無差別級……」

翌日、乙葉はA4サイズを継ぎ合わせた紙にそう書いて、稽古場に貼り出した。

「これで秋の全国大会では晴れて団体戦！　だね！」

だね、って……極上の笑顔で微笑まれても、と遥は思う。

「軽量級で優勝って、私、試合に出るのも初めてだよ？　無理無理無理無理無理」

「無理とか言わない。限界を決めるのは自分、って言うでしょ」

乙葉がかっこつけて言い放つ。

「いや、そんな決め台詞《ぜりふ》っぽく言われても、心がけ一つで強くなんかなれないから」

無理だ。乙葉や先生が遥に勝てと言っているN大の井本順子は、軽量級で常に準優勝の強者だ。なぜいつも二位なのかの答えは、目の前にある。そう、乙葉が同じ階級にいるせいで、井本順子は無冠の女王などと呼ばれているらしい。

「順子ちゃんの攻略法なら、私が誰よりもよく知ってるから」

攻略法ってゲームじゃあるまいし……でも、遥が井本順子に勝てなかったら団体戦にエントリーする権利がなくなる、そう考えるだけで、遥は胃のあたりがギュウッとなった。

「乙葉、いい加減にしなよ」

七海先輩が腰に両手をあて、乙葉を睨みつけた。

「遥はまだ試合に出場すらしたことないんだからね！」

さすが、先輩、頼りになる。

「とりあえず、次の大会では試合に慣れてもらうのが先。先生とも話して、その後の合宿でガンガン試合組んでもらうことにしたから、ね、遥」

前言撤回。

「……はい」

言い方が間接的なだけで、先輩の言っていることも、乙葉とさほど変わらない。やはりここには相撲バカしかいないのだ。

「合宿……があるんですか？」

遥は、七海先輩に訊き返した。

「うん、大会の後にすぐ夏合宿」

「合宿ってことはつまり……泊まり、ですよね？」

遥の質問に、七海先輩も乙葉も当たり前って含み笑いの顔をした。

「そうだよ、二泊三日。N大との合同合宿。あー、燃えてきた！」

乙葉の気合いの入った言葉はほとんど耳に入らなかった。

試合、合宿……ってことは、ついに母に打ち明ける時が来たのだ。――相撲部に入部したことを。

帰宅すると、珍しく母の方が先に帰っていた。

「お帰り、ご飯何食べよっか」

洗濯ものを取り込みながら母が訊いてくる。

「たまには外に食べに行かない？　お母さん初ボーナス出たんだ」

稽古で痛む体を一秒でも早くベッドに横たえたいのが本音だが、母の笑顔を無下《むげ》にするのは心苦しくて、「焼肉食べたい」と、答えた。

父と小林さんのことは、母には話していない。もしかしたら母は知っているのかもしれない。けど、その話題にすら触れたくなかった。

駅に続く大通りを一本横に入ると、小さな焼肉店がある。父がうちにいた頃、三人でたまに食べに来たことがあるお店だった。

席に着き、注文した肉が来るまで母は生ビール、遥はウーロン茶で乾杯した。

母はグラスビールを頼んだのに、店員が運んできたのはジョッキのビールだった。いつもの母なら文句を言いそうなところ、この日はジョッキのままでいいと引き下がった。

「なんか、お母さんらしくない」

遥が言うと、母は笑って仕事の話を始めた。

母は、カード会社の電話オペレーターの仕事をしている。クレームの電話に謝ったりしてるうちに、サービス業で働く人の気持ちがわかったそうだ。しかも職場では、自分より二十も若い子に仕事を教わっているらしく、

「物覚えの悪いおばさんとか言われてるよね、絶対」

と、笑った。母のそんな話を聞くのはなんだか嫌で、遥は話題を変えた。

「あのさ、私、部活始めたの」

「え？　そうなの？　天文部じゃなくて？」

天文部に入ったことを覚えていたことに驚いた。

「あ、違う、それ帰宅部だから、今度は……運動部」

「ふーん、そんな茶色い頭で大丈夫なの？　また陸上？　中距離だっけ？」

中学では八百メートルを走っていた。

「そーいえば、結衣ちゃんとは最近連絡とってないの？　あんなに仲良かったのに」

結衣という言葉に、心臓がビクンと跳ねる。

「うん、なんか忙しくて」

「まあ、連絡とりづらいか……」

「え？　なんで？」

結衣と勇人との三角関係を母が知っているはずはない、でも、もしや？　の疑念が渦巻く。

「いや、だって……転校したし、理由が理由だし、嫌でしょやっぱり。前の学校の人に会うの」

ああ、そっちか、と安堵《あんど》する。

「別にそれは、もう大丈夫」

「そう……陸上ならスパイクとか、また必要？」

「ううん、何にもいらない。陸上じゃないし」

出来るだけ、なんでもないことのように、サラッと打ち明けようと意識する。

「多分、一番お金かかんないやつ」

サラッと言ったつもりだった。

ドン、と母はジョッキをテーブルに置いた。

「遥、まさか……相撲？」

「当たり」

相撲がスポーツの中で一番と言っていいほどお金のかからない競技であることは、相撲経験者とその親なら誰もが知っている。必要なのはまわし一本。それさえあればいつでもどこでも相撲は取れるのだ。ましてや部活となれば、まわしは部費でまとめて購入。ワンロール百メートルほどもある長い布を自分の長さにカットして、巻くだけだ。遥はまわしの下に陸上で使っていたスパッツを穿いているから、かかるお金は実質ゼロだ。

「なんで？　なんでまた相撲？」

母は、隠そうともせずに落胆の表情を見せた。

やっぱりそうきたか。予想を欠片《かけら》も裏切らない母のリアクションに、逆に感心する。遥が小学生の頃に「相撲がしたい」と打ち明けた時と、全く同じリアクションだった。あの時も「女の子が相撲か、かっこいいな」と笑った父ごと、「ふざけないで！」と怒鳴りつけた。髪を染めても派手なネイルをしても怒らない母がどうして相撲だけには反対するのか、遥には理解出来なかった。

「まあ、いいじゃん」

母の生ビールについてきたお通しのキムチをつまむ。

「よくない！　女の子なんだから、わざわざそんな……相撲なんてしなくてもいいでしょう？」

母は涙を浮かべて訴えた。

反対されることは覚悟していたが、泣かれるとは思ってもみなかった。

「え？　なんで泣くの？」

「だって、女子高生って言ったら、おしゃれしたり恋したり、そういうのが楽しい時期じゃない。それが相撲って……女子高生とは対極すぎて」

「くだらない」

心でつぶやいたつもりの言葉が口をついて出た。

「くだらない？」

母が訊き返す。

母が感情的になる時、スイッチが入る瞬間が遥にはわかる。

今だ、と思う。

オン——。

「くだらないってことないでしょ！　娘が相撲って、手放しで喜べる母親がどこにいると思う？　それに、怪我《けが》だって心配なのよ！　それをくだらないって！」

店じゅうに響き渡る大音量で母は叫んだ。

店員さんが運んできた肉を遠慮がちにテーブルの端に並べていく。

「すみません」と遥は皿を受け取ると、次々と肉を焼き始めた。

「今度合宿あるから。二泊三日」

試合のことは言わなかった。観に来られて、会場で泣かれたりしたら面倒だからだ。

「……」

母は何も答えず、焼けた肉を遥の皿に入れていく。

「二万くらいかかるんだけど」

母は生ビールを飲み干すと、大きなため息をついた。

「何が悲しくて、ボーナスを相撲に？」

やっぱり母とは合わない、と思う。パパだったら……と、考える自分が虚しくて、想像するのはやめた。

「もういい。お母さんには頼まない、お金は自分でなんとかする！」

皿にある肉をとりあえず口の中に放り込むと、遥は店を出た。

夜の大通りを駅の方へ向かって歩いた。ポケットには携帯と焼肉屋を出る時にもらったハッカ飴が二個だけ。遠くへは行けないな、と思いながらも家に戻る気にはなれなくて、ただ歩いた。

駅の反対側まで来ると、足は自然と森道場へ向かった。

道場の前まで来ると、中の電気が点いているのが見えた。もしかしたら、乙葉？と思い入口まで近づく。すると、中から、パン、パン、と、規則的に乾いた音が聞こえてきた。

てっぽう、だ。

てっぽうは、柱を相手にぶつかる相撲ならではのトレーニングだ。

遥は、開けっ放しになっている入口から中を覗いた。

柱に当たっているのは健太郎だった。まわしもせず、短パンにTシャツ姿で、一人柱にぶつかっていた。普段の子犬のような笑顔はどこにもなく、汗にまみれ歯を食いしばり、ひたすら柱にぶつかっていた。

足のすねがムズッとかゆくなるのを感じ、見ると蚊がとまって遥の血を吸おうとしているところだった。

させるか——心でつぶやき、バチンと叩きつぶした。手のひらを見ると血がついていた。遅かったか、と思いながら手を払った時だった。

「星川？」

顔を上げると、汗だくの健太郎がすぐそこに立っていた。

稽古場の飾られている写真を眺めていると、「はい」と健太郎が麦茶の入ったアルミ製のコップを差し出した。

夏場の稽古の時にいつも麦茶を飲んだコップだった。

「懐かし……」

一口のつもりが一気に飲み干し、のどが渇いていたことに気づく。

「星川」

健太郎が指さしたのは、小学校六年の卒業記念にみんなで撮った写真だった。小学生の健太郎は大きな優勝カップを手に、中心で笑っていた。自信に満ち溢れた笑顔、に見えた。遥も乙葉に勝って優勝した時のメダルを首からさげ、両手で賞状を掲げている。あのメダルは今どこにあるだろう……二度の引っ越しに紛れて置き場所はすっかり忘れていた。

「星川、髪黒いし」

健太郎が写真の遥を見て言った。

「うるさい」

遥は写真を眺め続けた。

「座れば？」

声をかけられて、一段高くなっている座敷に腰かける。

「たまたま通りかかったら、音が聞こえたから……そっちは、自主練？」

再会してからずいぶん経つのに、いや経ったからこそ小学生の時のように「健太郎」と、まだ呼べずにいた。一度きっかけを逃すと、呼び方を変えるのは恥ずかしくて、結局「そっち」とか「自分」とか、曖昧《あいまい》な呼び方で対処してきた。

「練習しても意味ないけどな」

健太郎は投げやりな感じで言った。

何か言葉をかけようと思う。でも思い浮かぶのは「そんなことないよ」とか「昔は強かったじゃん」とか、そんな平凡で無意味な言葉ばかりで、どれも口にするのは憚《はばか》られた。

下を向いていると、

「星川、なんかあった？」

と、健太郎が遥の顔を覗き込んできた。その顔の距離があまりに近くて、思わずのけ反った拍子に後ろの壁に頭をぶつける。

「いたっ」

「何してんだよ」

健太郎は笑いながら遥の後頭部をわしわしと撫でた。

まずい。

心臓がバクバク鳴り始めた。

「あ、私は……近くにご飯食べに来て、お母さんと……そしたらここの電気点いてるのが見えて……」

通りかかったから寄ったという最初の理由との矛盾を埋めようとするほど、支離滅裂になっていく。

「星川さ……相撲楽し？」

不意に訊かれ、思わず「え？」と訊き返す。

「いや、別に、訊いてみただけ……俺が最近よくわかんなくなってきたから」

学校で再会した時。踊り場でぶつかったあの日、健太郎は言った。相撲が好きだ、と。

「わかんないって……好きなんでしょ？　相撲」

「いや、今、マジでわかんないいんだわ」

健太郎は、そう言って目を伏せた。

好きだと答えて欲しかった。あの踊り場で言ったみたいに、なんの迷いもなく「好き」と言って欲しかった。母に何を言われても相撲をやると決意したばかりの自分の前で、揺らいでなんか欲しくなかった。

遥は乙葉の話を思い出した。中学になってからどうやっても体が大きくならずに健太郎が悩んできたこと、弟の方が今は体も大きく強いこと、相撲が好きだから、勝てなくなっても半分マネージャーとして部に残っていること。

申し合いの稽古の時、誰からも指名されず土俵を眺めていた健太郎の表情が、頭をよぎる。

遥は、思い切って健太郎のおでこにデコピンをした。

「いてっ！　何すんだよ」

健太郎がおでこを押さえて、怒ったように言う。

「負けると一二三先生によくされたよね、デコピン」

「あれだけは、マジ、ムカつく」

どんなコツがあるか知らないが、一二三先生のデコピンは涙が出るほど痛いのだ。

「入部したての部員の前でやめてくれる？　そういうの。次言ったらデコピン二発だから」

わざと冗談っぽく突き放す。

だよな、と健太郎は笑った。

「よし……シコ、踏もう！」

遥は座敷から、わざと大きく飛び降りた。サンダルを脱ぎポケットから携帯を出して置くと、土俵脇に立って腰を割った姿勢で構える。

「私が落ち込んでると、乙葉が言うの……シコ踏もうって」

健太郎はふっと笑った。

「あいつらしいって言うか、相撲バカって言うか」

「うん。バカらしいなって思うんだけど、私は、それで元気もらってきた」

遥は、一つ四股を踏んだ。

「ちょうどよかった！　私もいまシコ踏みたい気分だったから！」

そう言ってもう一つ、四股を踏む。

「……やっぱなんかあったんだろ、星川」

「うん！　あった！　すっごいくだらないこと！」

遥は四股を踏み続けた。

ほんとにくだらないこと。

くだらないことばっかり起きる。

でも、学校と家という小さな世界で、たった十七年って短い時間しか生きてない高校生の自分には、そのくだらないことをくだらないと流せる経験も強さもまだない。

誇れる自分、はまだまだ遠くて、くだらないことに、毎日心をかき乱されて、押しつぶされそうになりながら、必死に生きていくしかないんだ。

ちっぽけな自分を踏みつぶすように、遥は力を込めた。

「よっしゃ」

健太郎が並んで四股を踏み始めた。

「なんか、変なのー！」

並んで四股を踏む姿が可笑しくて、遥は声を上げて笑った。

「これで元気出るなんて、ほんと、バカだよなあ」

息を切らしながら健太郎が言う。

「ひとつ、ふたつ、みっつ……」

四股を数える二色の声が夜空に響いた。


健太郎は自転車で遥を家まで送ってくれた。

部活の後にさらに二百回以上も四股を踏んだせいで遥の足はがくがくだった。初めての男の子との二人乗りは、胸が当たるんじゃないかって心配よりも、がくがくの足が二人乗り用のバーを踏み外さないか、そればかりが気になった。

「ありがと」

遥が自転車を降りて言うと、健太郎は方向転換しながら、

「元気出せよー」

と言って笑った。

「そっちこそ」

遥も笑った。ポケットに手を入れるとハッカ飴に気づく。

健太郎が、手を振って走り出した直後、遥は思いきって叫んだ。

「健太郎っ！」

健太郎は急ブレーキをかけて、振り返った。

遥は駆け寄って、ハッカ飴を渡し、

「明日ね」

と、笑った。

「おう」

健太郎は飴をポケットにしまうと、ペダルをぐんと漕いだ。

一緒に四股を踏んだ。

名前を呼んだ。

たったそれだけのことに、胸がきゅうっとなった。

小さくなる健太郎の背中を見ながら、遥はもう一つのハッカ飴を口に入れた。

夏の夜にちょうどいい涼しさが口いっぱいに広がった。

「ブロック大会の組み合わせが決まった」

翌日の練習で吉田先生が女子部員を集めて言った。

健太郎はいつもと変わらない様子で練習に来ていた。遥はホッとした反面、顔を合わせるのがなんだか照れくさくて、目線を逸らし続けていた。乙葉にも、昨夜の出来事はなんとなく打ち明けづらくて話していない。

乙葉と七海先輩は、先生の手から組み合わせ表をひったくるようにして取り上げ、眺めた。

「野蛮《やばん》だなーお前ら」

先生が呆《あき》れたように言った。

「うそ、遥……」

乙葉の言葉に引き寄せられ、遥もトーナメント表を覗き込んだ。

軽量級にはざっと十人ほどの名前が並んでいる。乙葉の名前は一番上、シードだ。そしてそのずっと下に遥の名前があった。初戦の相手は高校生だが、一勝すれば……取り組みの線をたどる、と、シードの井本順子の名前にぶつかった。

「井本、順子、さん……」

N大の軽量級選手、無冠の女王とあたる組み合わせだった。

初戦の日が決まってから、遥は自分の型を探り始めた。

相撲の決まり手は八十二手と多彩にあるが、自分の得意なパターンを選手はそれぞれ持っている。例えば、まわしを摑むにしても、右手の方が力が出るのか、左手の方が力が出るのか、それは人によって違う。また押す方が力が出る人もいれば、引く方が力が出る人もいる。自分の力が発揮しやすいパターンを見つけて、いかにそのパターンに持ち込めるか、で勝敗が分かれる。相撲はほんのわずかな時間で勝負が決まる、一瞬のスポーツだ。瞬時の判断に体が反応できるよう、徹底的に得意な型を体に叩き込んでおかなければならない。

乙葉にどうやったらそんなに素早く相手の動きに反応できるのか、訊いたことがある。乙葉の答えは「わからない」だった。どうしてその反応を選んだのかがわからないだけではない、自分の体がそうやって動いたことさえ、乙葉はよくわかっていないようだった。

それだけ訓練を積んできたんだ、と思った。

同時に、そんな人たちに勝てるのか、と途方に暮れた。

乙葉や七海先輩と自分とは体の反応するスピードが全く違うのだ。そんなことをいくら考えて、積み重ねた時間の差を嘆いたって差が埋まるわけではない。

やるしかない、悩んでは前を向き、また悩んでは前を向き、遥は稽古に没頭した。中でも集中的に稽古したのは「寄り」だ。両手で相手のまわしを取り、低い姿勢のまま押す、相撲の基本的な技である。

相撲では互いにまわしを取って組んだ状態を、〝四つ身〟という。四つ身にはまわしを取る手の位置により、上手、下手、もろざし、などの種類がある。まわしを取る手が相手の腕の上にある状態が上手、下にある状態が下手、両手が下手になった状態がもろざしだ。

まわしを摑んだ手の状態によって、繰り出せる技も変わってくる、当たり前のことだが、上手を取って下手投げは出来ないし、下手を取って上手投げは出来ない。

小学生の頃は、何も考えずにただ相手にぶつかっていくだけだった。がむしゃらに押して押されてを繰り返していたけど、今はそれだけじゃ勝てない。

遥はいろいろ試した結果、右の上手でまわしを摑んで寄りながら、タイミングを見て上手投げを放つというごくオーソドックスな型を目指すことにした。

頭ではそう決めても、なかなかしっくりはこなかった。乙葉たちに加減してもらって、技を試せば出来る。でも……実際に取り組むと、まわしを取ることすら出来ない。まわしを取ることにだけ意識を集中しすぎると、上体が起きて踏ん張りが利かなくなり、気づいた時には土俵の外に押し出されることがほとんどだった。

イメージしたように体が動かないのがもどかしかった。

乙葉は取り組み後に事細かくアドバイスをくれた。けど、頭では納得するが、いざ取り組むとやっぱり体は動かない。体中にあざができ、髪の毛が抜け、土まみれになる。ぶつかっては倒され、ぶつかっては倒され、自分の体なのに一つも思うようには動けない。

それでも乙葉と七海先輩はそんな遥の練習にとことん付き合ってくれた。アドバイスをくれる乙葉たちとは対照的に、吉田先生は遥の練習には何も言わなかった。

先生の指示がないことに、遥は「期待されてないからか」と投げやりな気持ちになった。うまくいかない現状を負の気持ちが後押しして、どうしようもなく泣けてくる。稽古中だぞ、自分に言い聞かせ、手の甲で乱暴に涙をぬぐう。

手についた土が目に入って、余計に涙が溢れた。

水飲み場で顔を洗っていた時だった。

「泣いてんの？」

声をかけられ振り返ると、健太郎がいた。

「うっさい！　砂が目に入っただけ」

遥はタオルで顔を拭《ふ》いた。

「あっそ……」

健太郎は、顔を洗ったついでに頭も濡らし、首をブルブルと振った。水しぶきが飛んでくる。本当に子犬みたいだな、と思う。

「つめたっ！　ちょっ、健太郎！」

遥が声を上げると、

「タオル忘れた」

と、遥の手からタオルを奪って、頭を拭いた。

「あ、ちょっと……」

健太郎はタオルを遥の首にマフラーみたいに巻き付けると、ピンッと遥の額に優しくデコピンした。

「こないだのお返し！　俺、次の大会、個人戦出ることにした」

健太郎は憎たらしいほどさわやかな笑顔で、稽古場へ入っていった。

じんじんするおでこを触りながら「がんばろ」とつぶやいた。

自分の中に諦めるという選択肢がないことに、自分でも少し驚く。

「遥！　やれそう？」

稽古場から乙葉が顔を出す。

「うん！」

見られたかな、と一瞬ドキッとしながら、なるべく普通に返事をした。

探りながら、泣きながら、迷いながら、それでもやるしかない。稽古する以外に、強くなる方法はない。そう言い聞かせて、稽古場へ戻った。

そんな稽古が毎日、試合の前日まで続いた。けど、遥の中にはこれといった手ごたえも、型を摑んだという実感もないまま、試合の日はやってきた。

前頭

初試合

ブロック大会の会場は東京の体育施設の地下にある相撲場だった。

遥が家を出る時、母はまだ眠っていた。昼ご飯のおにぎりはふりかけを混ぜたご飯をラップで握り、キッチンにあったバナナと一緒にバッグに詰めた。

母に声をかけようか迷って、結局、何も言わずに家を出た。


午前中は小学生の部、中学生の部が、午後には高校生と一般の部が行われる。会場は小学生とビデオカメラを手にした保護者たちでごった返していた。

まわしを着けた少女も多い。棒のように細い体にまわしを着け、楽し気にふざけ合っている姿に、遥は目を細めた。

「乙葉ちゃん！」

一人の女の子が声を上げたかと思うと、乙葉は十人ほどの小学生にあっという間に囲まれた。男子も女子もまわしを着け、キラキラの笑顔をしている。

「おはよう」「調子どう？」と、乙葉が子供たちに声をかける。

「森道場の子たち。乙葉いまでも稽古に顔出してるから」

七海先輩が、遥に言った。

森道場……ってことは、と思った瞬間、

「さっさと準備しな！　いつまで油売ってんだい！」

迫力のある声が飛んできた。

少ししゃがれた、それでいてドスのきいた声……。

遥の胸に一瞬にして緊張が走った。無意識に背筋が伸びる。

「はい！」

今までケラケラと笑っていた子供たちは、さっと準備に取り掛かった。

遥が振り向くと、一二三先生が立っていた。そこだけタイムスリップしたかのように、四年前と全く変わらない姿だった。全身黒ずくめの服に身を包み、手に杖《つえ》を持ってはいるが、しゃんと背筋は伸びている。大きな目とすらっと通った鼻筋、若い頃は相当な美人だったはずだ。小柄で華奢な体つきなのに、その存在感は会場でもひときわ目立っていた。

「おはようございます」

乙葉と七海先輩が一二三先生に頭を下げた。つられて遥も頭を下げる。

「一人、増えたんだって？」

一二三先生は、乙葉と七海先輩の前をすっと通り過ぎて、遥の前に立った。

一二三先生は遥をじーっと見つめ、顔を近づける。眼球に映る互いの姿が見えるほどの近距離に、遥は思わずのけ反った。

「どうも、お久しぶりです。星川遥です。あの……小学生の時にお世話になった」

一二三先生は、顔色一つ変えずに「ふん」と、顔を背けた。

遥も負けじと、ムッとした顔で一二三先生を睨む。

「先生！　遥ですよ。忘れちゃいました？」

乙葉の言葉に振り返った一二三先生が声を荒らげた。

「人をボケ老人扱いするんじゃないよ！」

一二三先生はそれだけ言うと、子供たちの練習の指導へ戻った。

「っはあ、はあ………び、っくりした……」

遥は息をついた。一二三先生の顔が近づいてからまともに息をしていなかったことに気づく。

「先生、嬉しいんだと思う。遥が相撲に戻ってきて」

乙葉が笑った。

「いや、私のこと完全に忘れてたよね」

遥にはそうは見えなかった。

「ううん、あれは相当喜んでる」

乙葉は嬉しそうに笑った。

「一二三先生、嫌な相手とは目も合わせないもの」


子供たちの試合が始まると、一二三先生の声が会場中に響いた。

「なにやってんだよ！」

「ほらそこ！　そこからが勝負！　勝負！　そう」

「それだけかい！」

ドスのきいたしゃがれ声で発する言葉の迫力に、アップも忘れてつい試合に観入ってしまう。

相撲大会の実行委員はほとんどが相撲経験者で、関係者はみながっしりした体つきをしている。そんな大男が一二三先生のところに来て「あの、先生、試合中は指導になるような声掛けは控えて頂きたいのですが……」と注意するのだが、「黙れ！」と先生に一喝されすごすごと帰っていく。

道場の子供たちは、勝っても負けてもまっすぐに一二三先生の元へ駆け寄ってきた。負けた子は顔を真っ赤にし、悔しさに全身を震わせて泣いている。その姿には見ているこっちが泣きそうになる。

勝ったとしても決してその場で喜んだりはしない。勝者の名前が呼ばれるまで蹲踞の姿勢で待ち、きちんと挨拶をしてから土俵を降りて、先生に報告に行く。そこでまたアドバイスを受けて、次の試合に挑む。

どんなに小さな子でも、武道の礼儀や精神が体に染みついているのが見ていてわかる。それが一二三先生の指導なのだ。

相撲は一瞬で勝敗が決まるスポーツだ。試合の日もこれだけたくさんの取り組みがありながら、あっという間に優勝者が決まる。

小学生の部は男女ともに森道場の子供が優勝した。

子供たちは、受け取ったメダルや賞状を真っ先に一二三先生に見せに行く。

一二三先生は口角をちょっとだけあげて、ふんっと笑った。

昔と変わらない感じの褒め方に、遥と乙葉は顔を見合わせて笑った。

先に試合が始まる男子が表でのアップを終えて、試合会場へ戻ってきた。今日の試合は男子部員七人全員が個人戦にもエントリーしていた。男子の試合では、団体戦のメンバーに登録した選手は全員個人戦にもエントリー出来る。男子の団体戦は大会によって三人制か五人制で行われる。今回の団体戦は五人制のため、五人プラス補欠二人まで登録出来るので、桜川高校の場合は七人の部員全員が団体に登録し、個人戦にも出場出来るのだ。健太郎が個人戦にエントリーするのは半年ぶりのことだと乙葉は喜んでいた。

午後になり、男子の試合が始まった。試合が終わった小中学生が帰ると、会場は一気に静まり返った。教え子たちが帰っても、一二三先生は、来賓席《らいひんせき》のど真ん中に座って、じっと土俵を睨んでいた。

「先生、いるね」

「うん、いつも最後まで観てるよ。元教え子がたくさん出るからね」

乙葉はそう言って自分と遥を交互に指さした。

健太郎や乙葉だけでなく、一二三先生の道場の卒業生はいろんな学校で相撲を続けている。その子たちの試合をすべて観戦し、求められればアドバイスをするのだと乙葉が教えてくれた。

「ま、ほとんどダメ出しだけどね」

乙葉が笑った。

男子の試合はまず個人戦から行われた。部長で三年の松永先輩と、川端《かわばた》先輩、二年男子は、辻《つじ》と健太郎、そして一年生三人が出場した。一年生は、全員が一回戦で敗退した。その他の部員たちも部長が三位入賞に食い込んだ以外は、全員二回戦敗退となった。健太郎も初戦は一年生相手に一勝したが、二回戦であたったのは優勝した選手だった。決して手を抜いた戦いではなく、本気でやって、本気で負けたといった感じの試合に、観ていた遥と乙葉は拍手を送ったが、一二三先生は厳しい顔で健太郎を睨んでいた。

男子の個人戦が終わると、吉田先生は選手一人ひとりにねぎらいの言葉をかけた。先生は試合のダメ出しはしない。「どうして負けたと思う？」と、一人ひとりに問い、徹底的に考えさせる。

「どうして負けたのか、何が足りないのか、それに自分で気づけない奴は一生勝てない」

というのが吉田先生の持論だ。

「よおし、気持ち切り替えていくぞ」

先生の言葉に、男子は野太い声で「おす」と答え、会場へ入った。

男子の団体戦が始まった。桜川高校は一回戦から強豪とぶつかる。

五人制の場合は先鋒《せんぽう》、二陣《にじん》、中堅、副将、大将でそれぞれオーダーを出す。オーダーは大会に出場登録すると同時に提出しておくため基本的には駆け引きは出来ない。しかし、補欠選手の交代は使える。チームによっては強い選手を補欠登録し、試合当日相手チームの出方を見て補欠登録選手をぶつける、といった駆け引きをすることもある。

大抵のチームの場合は、強い選手を先鋒に出し確実に一勝をあげることで、試合の流れを作っていく。しかしこの日の桜川高校は、先鋒に健太郎を登録し、補欠に三年の川端を温存して、勝機をみて交代するという戦術に賭《か》けた。

初戦。相手チームはエースの重量級選手が先鋒に立った。桜川高校は交代を使うことなく、健太郎のまま試合を進めた。

チームの勝敗を占う先鋒戦、健太郎が土俵に上がる。

健太郎の相手が土俵に現れた瞬間、遥は、

「嘘でしょ」

と、思わず漏らした。

相手選手は、健太郎の倍以上はある体格の良さだ。

「健太郎、当たっていけ！」

仲間たちが檄《げき》を飛ばす。

健太郎は軽く頷く。けど、そこに闘志は感じられなかった。

遥の視界の端に一二三先生が立ち上がるのが見えた。目で追うと一二三先生は会場を出て行った。相撲のことしか頭にないあの先生が、孫の取り組みを観ないなんて……遥は悲しくなった。

健太郎が仕切り線に立つ。手をついて構えた瞬間、乙葉が観客席を駆け下りた。

「健太郎！　ファイトー！　行けるよ！」

会場のざわめきをつんざくような声で乙葉が叫んだ。

その声に、健太郎はなにかつぶやいて、少し笑った。

――うるせーよ。

健太郎の口はそう動いたように見えた。

乙葉は、最前列から身を乗り出すようにして声援を送り続けた。

一二三先生がいた来賓席は空いたままだった。

「はっきょい」

審判の声と同時に、健太郎は相手にぶつかる。しかし、どんなに力を込めても相手はこゆるぎもしない。健太郎は必死に相手のまわしを掴もうと手を伸ばす。

頭で相手の胸を押しながら、必死にまわしを探る。相手は、苦戦する健太郎の手を軽くいなすと、そのままわしを摑み、健太郎を無造作に放ろうとする。土俵際で、健太郎は、一度はこらえたが一瞬体勢を崩した瞬間に軽々と投げられ、土俵を転げ落ちた。

会場がしんと静まり返った。

健太郎は立ち上がり、土俵に戻ると深々と礼をした。

戻ってきた健太郎をチームメイトは「お疲れ」と迎えた。

健太郎は「ごめん」と繰り返していた。

あんなの勝てっこない……いくら戦略といっても、あの体格差で戦わなければならないなんて。健太郎は最初から捨て駒《ごま》じゃないか。遥の胸に自分のことのように悔しさがこみ上げた。

続く二陣、中堅と負け、団体戦はあっさりと一回戦敗退となった。

七海先輩に「アップ行くよ」と言われ、会場の外へ出た。

一年男子の胸を借りて、立ち合いをする。

やっているうちに涙が出た。誤魔化して汗と一緒にタオルでぬぐう。けど、いくらぬぐっても、健太郎が投げ飛ばされた場面を頭からぬぐい去ることは出来なかった。

女子の試合が始まった。

個人戦の超軽量級の試合が終わり、いよいよ遥と乙葉が出場する軽量級の試合開始を告げるアナウンスが流れる。シードの乙葉は二回戦からの出番となる、先に試合をするのは第三試合の遥だ。

一回戦、二回戦とすんなり試合が進み、いよいよ遥の出番となった。

「遥、リラックス」

七海先輩が声をかける。

「はい」

返事はしてみるものの、実際は頭のてっぺんから足の先までガチガチだった。

「星川、お前、緊張してんのか？」

吉田先生が笑う。当たり前だ、と言い返したいが、そんな軽口も叩けないほど思考回路停止、口はカラカラに乾いている。

その時だった。

バシッと背中を思いっきり叩かれ、前につんのめった。

「痛っ」

振り返ると、乙葉がニカッと笑っていた。

「がんばれ！」

遥は目を閉じて、大きく息を吸い込んだ。

小学生の時の相撲大会を思い出す。

試合前、乙葉と遥は、背中をバシバシ叩き合った。負けるかもなんて不安は頭の片隅にもなくて、とにかく勝ちたい気持ちが溢れていた。早く土俵に立ちたくて、試合が、相撲が楽しくて仕方がなかった。

「東、桜川高校星川選手、西、城洋《じようよう》高校光常《みつつね》選手。西方の棄権《きけん》により、東方星川選手の不戦勝です」

アナウンスが流れた。

「へ？」

遥は、一瞬何が起きたかわからなかった。

「よっしゃ不戦勝！　遥、二回戦行けるよ！」

乙葉が弾んだ声で言った。

「ラッキーだな」とか「よかったね」と吉田先生や先輩が話していたが、遥の意識は次の対戦相手に向かっていた。

組み合わせ、二戦目は、N大の井本順子だ。

乙葉の試合が行われた。

乙葉が土俵に上がると、会場中から大きな声援が飛んできた。容姿端麗で、おまけに日本チャンピオンの乙葉は、いわば女子相撲界のアイドル的存在だ。

遥が何気なく会場を見渡すと、一二三先生の姿が目に入った。いつの間にか席に戻っていた一二三先生は土俵上の乙葉をじっと見ていた。

土俵に上がった乙葉は、普段より一回りも二回りも大きく見えた。仕切り線の土を足で払い、右手をつく。相手の大学生はゆっくり両手を仕切り線についた。

乙葉がまっすぐに相手を睨みつける。


「はっきょい」


「は」の音が聞こえるか聞こえないかのタイミングで、乙葉は飛び出し、相手にぶつかる。

乙葉が得意としているのはひねり技だ、ぐいぐいと寄りながら、タイミングを見て、足を引き、体《たい》を開く。すると、押されまいと前に出ていた相手はバランスを崩してしまう。そこに絶妙のタイミングで力を加え、相手を投げたり、落としたりする。乙葉はとにかく、間合いの取り方がうまく、相手がそう望んでいるかのように、すうっと自然に転がってしまう。相手はとにかく乙葉にまわしを取られまいと突きを繰り返すが、乙葉はそれをうまくいなしながら、逆にまわしを取りに行った。

刹那。

乙葉にまわしを取られまいとして生まれた相手の隙を、乙葉はうまくとらえ、上手でひねる。不意に技を放たれて相手は膝をついた。

会場から歓声が起こった。

乙葉がきっちりと勝ち進んだことで、遥の緊張はピークに達していた。

「東、N大学、井本選手」

土俵に立ったのは、体つきは遥と同じくらいの小柄な選手だった。

「西、桜川高校、星川選手」

名前を呼ばれ土俵に上がる。

観客席から男子部員たちの「星川！」という声援と拍手が聞こえた。「順子ちゃんは柔道の経験者だから、投げが得意なの。まわし取られたら一巻の終わりだと思って。とにかく相手の良いようにはとらせないように」乙葉のアドバイスを頭の中で何度もリピートする……。

「構えて、手をついて待ったなし」

遥は両手をついて、相手を見た。


「はっきょい」


ほぼ同時に飛び出した。

遥は全力で頭から突っ込んだ。

と、井本順子が少し横にずれた。

正面に突っ込もうと思った相手が横にずれたことで、遥の頭が相手の横腹をかすった。次の瞬間、遥は、あっさり叩《はた》き落とされた。

まるでジャンプに失敗したカエルよろしく、べちゃっと地面に落ちたのだ。

「東の勝ち」

小結

スランプ

初戦で負けてからの記憶はほとんど残っていなかった。

敗者復活でもう一試合取り組みをしたけど、初戦で叩き落とされた不安から、相手に全力でぶつかることも出来ず、中途半端なまま投げられた。

乙葉は順当に勝ち進み、決勝でN大の井本順子に勝って優勝を収めた。七海先輩は、N大の選手にはことごとく負けるも三位決定戦できっちりと勝ち入賞した。

試合終わりに、乙葉と一緒に一二三先生のところへ挨拶に行くと、一二三先生はやっぱり乙葉にダメ出しをした。優勝者にダメ出しがあったのに、自分は何も言われなかったことで、悔しさは倍に膨れ上がった。

吉田先生は遥の負けを「力みすぎた結果」としながらも「初戦はみんなあんなもんだ」と珍しく励ましてくれたけど、遥は何を言われてもマイナスの受け取り方しか出来ない、負のスパイラルに陥っていた。

そんなブロック大会が終わり、学校は夏休みに入った。

休み前、アイちんやミナ、隣のクラスのキョーコと作った四人のグループラインでは「海に行こう」「プールに行こう」と夏休みの計画で盛り上がっていた。

遥もスタンプで「いいね」とか「了解」と適当な相槌《あいづち》を返していたが「ごめん、やっぱり部活があるから、遊べないかも」と断ると、ぱったりその話題は止まった。

遥を除いた三人でのトーク画面が存在して、そこで遊ぶ約束とかしてんだろうな、と、予想はついた。前の自分なら、トークからはじかれたことに凹んでいた。けど、今はどこかホッとしている自分がいる。

相撲を始めてから、爪の手入れも、メイクもしなくなった。髪の毛は茶色のままだけど、着る服もほぼジャージになり、町で遊ぶこともなくなった。けど、遊びたいと思うこともなくなっていた。


「夏休み、ずっと部活？」

母に訊かれ「うん」と答える。

「海とか行きたくない？　沖縄とかは無理だけど、せめて伊豆とかさ」

「別に無理しなくてもいいよ。お母さん日焼け嫌いじゃん」

だったら合宿代を出して欲しいと口から出かかってやめた。

「そ」

父と母の離婚話がどこまで進んでいるかはわからなかった。もう届を出したのか、話し合いをしているのか、あれ以来一切訊いていなかった。

「合宿、いつから？」

母が意を決したように訊いてきた。

「来週、N大と合同で、二泊」

「いくらだっけ？」

母がカバンを出して訊いた。

「二万……」

「……はい」

母がカバンから出した茶封筒をテーブルに置いた。

「三万、入ってる。電車代とかかかるでしょ、それでなんとかやんなさい」

「……反対なんじゃなかったの？」

焼肉屋でケンカしたきり、お互い相撲の話題は避けていた。

「相撲は……本当はして欲しくないよ、そりゃ、そうよ」

母はおもむろに立ち上がると、冷蔵庫から二本目の缶ビールを取り出しプシュッと開けた。

「でも、なんか、楽しそうだから」

母はうまく言えないというように、笑ってビールを飲んだ。

「何それ、わけわかんないし」

「とにかく、相撲をやりたいって気持ちは、お母さんにはやっぱり理解出来ないけど、反対はしないって決めたの」

思わずふっと笑った。母も「あーうまく言えない」と笑ったけど、それでいいんだと思った。多分、私とお母さんはその答えを探している途中なんだ。

「いいよ、別に応援はしてくれなくてもいい。でも、どうもありがとう」

遥はお金を受け取った。

ペラペラの茶封筒は、手にするとずっしりと重かった。

結婚してから働いたことのない母が、若い子ばかりの職場で、おばさん呼ばわりされながら必死に働いてくれたお金なんだと思うと、なんだか泣きたくなった。

こんなにお金の重みを感じたことはなかった。

「お風呂、はいろっと」

遥は、逃げ出すようにリビングを出た。

N大の稽古場は、駅から少し離れたところにあった。

遥たちは最寄り駅で男子部員と待ち合わせて、ぞろぞろと歩いていった。松永部長が携帯の地図を見ながら部員を先導する。迷いながら、ようやく着いたのは、普通のマンションのような建物だった。でも普通じゃないことは、マンションを囲む柵にびっしりと干されたまわしが物語っていた。


「おはようございます！」

玄関で声を上げると、奥から岩のような大男が現れた。

「おーきたか、入れ入れ」

N大相撲部のコーチに言われるがまま、中に入ると二十畳ほどの座敷が広がっていた。

「吉田、来たぞ」

コーチが声をかけた先で、吉田先生がちゃんこ鍋《なべ》を突ついていた。

「おー、早いな、お前ら」

と、言いながら、どんぶり飯をかき込む。

吉田先生はN大の卒業生で、N大の石渡《いしわたり》コーチとは同級生なのだ。

石渡コーチに案内され、稽古場から更衣室へ移動する。稽古場には土俵が二つあり、隅には立派なてっぽう柱が二本立っている。稽古場中央の壁面には、二つの土俵を見下ろすように大きな神棚があった。

すでに十五名ほどの男子がまわし姿で四股を踏んでいるところだった。

「女子はこっち」

声をかけてくれたのは、井本順子さんだった。

乙葉と七海先輩は親しげな笑みで、順子さんと挨拶を交わした。

子供の頃から相撲を続けていると、大会などでしょっちゅう顔を合わせるので、自然と知り合いになるらしい。

案内された更衣室は鍵のかかる個別のロッカーときれいなシャワー室が二つあり、大きな鏡のついた洗面台、デジタルの体重計……映画で観るようなプロスポーツのロッカールームさながらの設備だ。一つ違うのは、開け放たれたロッカーの扉にはまわしがかけてあること、だ。

「こっち側は全部空いてるから、好きなとこつかって」

順子さんは、干してあるまわしを手際よく片付けて、更衣室を出て行った。

「いいね、こんな環境で相撲出来るなんて」

七海先輩はしみじみと言った。

七海先輩は四人兄弟の一番上だから、進学はせず就職をして妹や弟の学費を援助したいと話していたことがあった。七海先輩の実力なら推薦で大学に入り、相撲を続ける道だってあるのに、と、他人事《ひとごと》ながら悔しくなった。

「先輩、もし、N大から推薦来たらどうします？」

乙葉が真顔で訊いた。

七海先輩は一瞬の間のあと、笑って答えた。

「来るわけないよ。そんな実績もないし。いいの、もう就職って決めてるから。ほら、行くよ！」

七海先輩に急《せ》かされ、準備を再開する。

いつもは部室という名の倉庫で着替えている遥たちは、のびのびとまわしを締め合い、晴れやかな気持ちで稽古場へ向かった。

練習前に簡単な自己紹介を、と先生に言われ、一人ひとり挨拶をした。

N大の女子部員は全部で四人、軽量級の井本順子、中量級の橋田美月、重量級や無差別の郷田静と吉岡《よしおか》ハル、だ。

大学の相撲部に所属しているのは、全国から集められた実力者ばかり。ここにいる四人も全国大会クラスでそれなりの戦績を残して、大学に推薦入学してきた選手ばかりだ。N大は有名な大相撲の力士を輩出した伝統校でもある。

練習が始まると、空気が一気に張り詰めた。四股、準備運動、すり足……練習の内容は普段と変わらない。つもりでいた。

「星川、上体起こす、腰はしっかり落として」

自分ではマスターしたつもりになっていた姿勢も、石渡コーチや先輩たちに直された。知らず知らずのうちに、楽な方へ逃げた結果、体がゆがんでいたのだ。

すり足が始まると、その速さに驚かされた。中腰のまま滑るように動く彼女たちの腰の位置は、全くぶれず、一定の高さを保っていた。反対に、遥はスピードについていこうとするあまり、腰が浮き、上体がふらつく。

「スピード落としてもいいから、確実に」

静さんに言われ「はい」と頷く。

すでに息が上がり、全身から汗が噴き出していた。

「遥、大丈夫？」

乙葉がささやく。

「平気」

強がってみせた遥に、乙葉は嬉しそうに微笑んだ。

絶対にこの合宿で強くならなきゃならない、そんな気負いが遥にはあった。

ブロック大会、立ち上がりであっさり叩き込まれて以来、取り組みに対する恐怖がぬぐえずにいた。

相撲は前に出る競技。頭ではわかっているのに、叩かれるのが怖くて、相手に思い切り突っ込むことが出来なくなっていたのだ。

スランプだな――。

遥の腰の引けた練習を見て吉田先生が言った。

「スランプ？」まさか、自分が？　という思いで聞き返したが、そう考えれば今の自分の状況すべてに合点がいった。


とにかく、この合宿でスランプを抜け出す。

母から受け取った茶封筒の重みを思い出した。

無駄には出来ない。絶対に、強くならなきゃならないんだ。

遥は練習に必死に食らいついた。

夕飯の頃には、N大の選手とすっかり打ち解けていた。

N大のマネージャーが毎日作るという夕食はどんぶり飯におかずが五品も並び、座敷の真ん中には大きなちゃんこ鍋が湯気を上げていた。

N大の男子部員たちは乙葉の座る場所を気にかけているようで、「お前言えよ」「お前が行けよ」と、座布団を持ってウロウロしていた。

結局、乙葉は男子部員に背を向ける格好で座った。

キツイ練習のおかげで遥は全く食欲はなかったが、無理やり流し込むように食べた。

合宿所に着く前まで合宿の抱負を「ちゃんこの作り方を覚えること」と言っていた健太郎も、練習にはフル参加していた。それを見て、遥は安堵と嬉しさの混じったような気持ちになった。

「お代わりは？」

ハルさんに訊かれ、いらないとは言えず「いただきます」とご飯をよそう。

「えびすこが強いじゃねえか、ギャル姉ちゃん」

石渡コーチが遥に声をかけた。「えびすこが強い」とはたくさん食べることを言う。体を大きくしたい力士にとって「えびすこ」が強いかどうかは大事な問題だ。

「ギャル姉ちゃんじゃなくて、星川遥！」

隣でもくもくと食べていたハルさんがたしなめるように言うと、コーチは「失礼しやしたー」と、大きな体を丸めて遥の隣に座った。

「どうだ、練習、キツイか」

遥は正直に答えていいものか迷いながら、お茶でご飯を流し込み、

「キツイです。でも、大丈夫です」

と、答えた。

遥に細かくアドバイスをするコーチを、N大の先輩たちは「ご飯の時くらい、ガールズトークをさせてください」と一蹴し、コーチはすごすごと引き下がった。

「ねえ、乙葉は彼氏とかいるの？」

直球で訊いてきたのは、美月先輩だった。

「いないですよ」

乙葉が笑って流すと、

「じゃあ、好きな人は？」

と、見事な連携で順子先輩が訊ねた。

「ああ、それは、まあ……」

乙葉の返事に男子部員たちの耳がダンボになっているのが空気でわかった。さっきまでぺちゃくちゃしゃべりながら食べていたのに、しんとしている。

「鷹の山です」

乙葉があっさり答えると、部屋中に笑いが起きた。

「ちょっと、それ大相撲じゃん。リアルに、好きな人、いないの？」

遥は乙葉の顔をちらりと見た。乙葉が助けを求めてきたら、何か言おうと思ったが、乙葉は堂々と「鷹の山、リアルに好きですよー。顔とか、かっこいいじゃないですか」と笑っていた。

「鷹の山ってことは痩せ形のイケメンがいいってことだよね」

美月先輩が、含みを持たせて言った。

「顔だけじゃないですよ、取り組みも好きです。所作もきれいだし。あと、体格のハンデがあるのに、正面からぶつかっていく姿勢も尊敬できます。ちゃんと自分の足りないところを受け入れて、それでもどうにか乗り越えようとしてるのが、見ててわかるっていうか……」

乙葉の話に、N大の先輩たちは一瞬ぽかんとした表情になり、ぶっと笑った。

「すみません、この子、正真正銘《しょうしんしょうめい》の相撲バカなんで」

ちょっとムッとしている乙葉の代わりに七海先輩が謝った。

「あ、ううん、笑ってごめん。でも乙葉があまりに真剣に相撲語るからさ」

美月さんは、笑いをこらえるように言って、また笑った。

「私も、乙葉が相撲バカとは知っていたけど、ここまでとは思わなかったわ」

順子さんも笑った。

乙葉は「もう」と、笑顔で口を尖らせていた。

「お」

スマホを見ていたコーチが声を上げ、全員がコーチを見る。

「一条高校が夜のうちに到着するそうだ」

部員たちは「おっす」と声を上げた。

合宿は合同になると聞いてはいた。まさか相撲の強豪・一条高校とは思いもよらず、思わず息を呑む。遥は無意識に健太郎を目で探した。

健太郎は、部屋の隅の方で顔色一つ変えずに食事をしていた。

一条高校には健太郎の弟・新平がいるはずだった。


その夜、乙葉はN大の男子部員から呼び出しを受けた。

夕飯の時の何気ない恋愛トークは、乙葉に対するリサーチだったようだ。

　順子さんがメッセンジャーになって、遥たちの部屋まで呼び出しにやってきた。乙葉は果たし合いでも申し込まれたかのような悲壮な顔で聞いていた。そして目がつり目になるくらいキツく髪をまとめ上げると、部屋を出て行った。

　三十分経っても部屋に戻らない乙葉が気になり、遥は部屋を出た。どこにいるのか見当もつかない。けど、部屋でじっとしているのは限界だった。

　座敷を覗くと、奥にある調理場に健太郎の姿が見えた。

「何してんの?」

　遥が声をかけると「びっくりしたー」と、持っていた皿を落としそうになりながら、健太郎が言った。

「あ、ごめん。後片付け?」

「うん、まあ。一応マネージャー業もやっておこうかなって」

　健太郎は稽古には参加していたが、食事の準備も率先して手伝っていた。大学の相撲部で食事を作るのは、マネージャーの仕事だ。マネージャーといっても、高校までは相撲部で選手として活躍した人だ。けど、大学になると、体重別の大会はなくなる。体の小さい選手はどうしても不利だ。そういう選手は、競技には見切りをつけ、マネージャーという形で部に残るのだ。

「何？　なんか用？」

健太郎が皿を片付けながら、訊いた。

「あ、うん、乙葉見なかった？」

「乙葉？」

「うん。なんか、先輩に呼ばれて出てったっきり、部屋に戻らなくて」

健太郎の顔が一瞬にして強張《こわば》った。

「どのくらい経つの？」

「三十分は経ってると思う」

健太郎は、裏口の方へ歩き出した。

「多分、こっち」

遥は健太郎について、外に出た。


月のない暗い夜だった。合宿所の表にある自販機の明かりがやけに明るく感じられる。健太郎は、迷わず門の外に出ると、隣接する学校へ向かった。

校門越しに校庭を眺める。

「いた」

健太郎が指さす先に目を凝らすと、大きな体と、その隣に座る乙葉らしき人の影が見えた。

「城市《じょういち》先輩だな、去年も乙葉にフラれたのに……」

健太郎は、呆れたように息をついた。

「乙葉、困ってないかな」

遥が言った時だった。「隠れて」と、健太郎が遥の肩を押した。

乙葉と城市先輩が、こっちに向かって歩き出した。

ゆっくりと校門の方へ歩いてくる。城市先輩は突然立ち止まったかと思うと、乙葉の両肩に手を置き、グイッと自分の方に顔を向かせた。乙葉は首をすぼめて顔を背け、嫌がっているように見える。

遥は自分のことのように心臓がバクバクしていた。何が起こるのか、予想は出来た。

告白だ。

ほら、やっぱり、相撲部にも夏は来るし、相撲部だって恋はするんだ、そんなことを考えていた。

「と、とめたら？」

遥は、ようやく振り絞って言った。

「は？」

健太郎が、何言ってんだ、という顔で遥を見る。

「だって、乙葉、困ってるよ」

「なんでわかるんだよ」

「それは……」

乙葉が好きなのはあんただから、と言いたいけど、それはルール違反のような気がして、言葉を呑み込んだ。

その時だった。

「乙葉！」

遥たちが身を隠している門の反対側から、誰かが乙葉を呼んだ。

城市先輩が慌てて乙葉の肩から手を離す。

乙葉が門の方へ駆け寄る。

「新平！」

乙葉のピンチを救うべく現れた王子は、健太郎の弟で一条高校相撲部のエース、森新平だった。

乙葉が新平と一緒に宿舎に戻ってから、遥と健太郎もこっそり宿舎に戻った。

遥と健太郎が裏口から戻って、玄関の方へ行くと、乙葉と新平はまだそこで立ち話をしていた。

「遥」

乙葉は、驚いたように遥と健太郎の顔を交互に見た。

「あ、お皿、片付けてて……」

遥は、慌てて言い訳した。

「兄貴、久しぶり」

新平が健太郎に声をかける。

「お」

間近で見る新平の体は、小学生の時からは想像出来ないほど立派になっていた。

華奢な健太郎とは正反対に、肩も腰回りもがっしりとしている、全体にほどよくついた筋肉は、無駄なく引き締まっていて、相撲部というよりもラガーマンのような印象を受けた。

「あ、新平、覚えてる？　遥。小学生の時、道場で一緒だった」

乙葉が遥を紹介する。

新平は一瞬思案を巡らした様子で考え「ああーっ！」と声を上げた。

「どうも、お久しぶりです」

遥は新平に頭を下げた。

「なんだよそれ」

健太郎が遥に突っ込む。「うるさい」と遥も言い返す。

「よかったな乙葉。これで団体組めるじゃん」

新平が優しい目で乙葉を見る。

「でしょ。大きい声じゃ言えないけど、目標は打倒N大」

と乙葉が笑った。

「乙葉をよろしくお願いします」

新平が遥に頭を下げる。

「あ、いえ、そんな……」

遥も慌てて頭を下げる。

「ちょっと、新平、なに偉そうに」

乙葉が新平を小突くと、新平は嬉しそうにやり返す。

ああ、好きなんだな、と遥は思う。新平の優しい目、嬉しそうな笑顔、すべてが乙葉を好きと言っていた。

部屋に戻ると、女子の先輩たちが乙葉を待ち受けていた。

「なんて返事したの？」

という攻撃に、乙葉は「ちゃんとお断りしました」と答えた。

それだけ聞くと先輩たちは、

「城市、マジかー」「よし、なぐさめ行くべ」

と、部屋を出て行った。

「毎年恒例《こうれい》になりつつあるね、城市先輩の告白」

七海先輩が笑った。

「え？　恒例？」

遥が訊き返すと、乙葉は困ったように笑った。

「そうだよ、去年キスされそうになって、乙葉泣いたよね」

「七海先輩、それ言わない約束！」

「ええーっ！」

だから、乙葉は決闘にでも行くような顔で出て行ったのか、だから、健太郎は慌てて飛び出したのか。遥はこの数時間を思い返して一人納得した。

「いいと思うけどなあ、城市先輩」

七海先輩はあくびしながら言って、ベッドに横になった。

「他人事だと思って……」

乙葉は、少しムッとしたように言ってから、七海先輩の上に飛び乗った。

「いたい！　ちょっと！」

七海先輩がマジできれそうになるのを、乙葉はこちょこちょとくすぐって誤魔化した。

「私、好きな人いるんです！」

どさくさ紛れの乙葉の告白を七海先輩は、

「はいはい、どうせ鷹の山でしょ」

と笑って流した。

乙葉は肯定も否定もせずに、七海先輩とじゃれ続けた。

遥の脳裏に、新平の顔がよみがえる。

新平は乙葉が好き。

乙葉は健太郎が好き。

じゃあ、健太郎は……？

合宿一日目の夜が、更けていった。

合宿二日目。一条高校の部員八人が加わり、稽古が始まった。一条高校の相撲部員は全部で二十人の大所帯。そのため、この合宿に参加できるのは主要メンバーだけなのだそうだ。初日よりも人数が増えたので、男女分かれてトレーニングを行うことになった。午前中、女子は地下にあるトレーニングルームで筋トレを中心とした練習をする。

昼近くになると、稽古場に行き、男子の申し合いを見学した。

ちょうど新平とN大の二年生の試合が始まるところだった。

土俵に立つ新平は、普段よりもますます大きく見えた。小学生の時は健太郎よりも小さくて、負けてはすぐに泣いていた姿ばかりが印象に残っている。

そんな泣き虫の新平の影はどこにもなかった。

両方の土俵で申し合いが行われていたが、もう一方の土俵で稽古していた人も取り組みを止めて、新平の試合を見つめていた。

仕切り線に拳をつき、見合う。

バッチン！　と大きな音が稽古場中に鳴り響いた。

組み合った、と思った瞬間、新平が一息で、グイッと土俵際まで相手に詰め寄った。相手の足が俵にかかる。

新平は土俵際までくると、さらにしっかりと腰を落とし、まわしを下手で取ったかと思うと、そのままグイッと投げた。

　圧倒的な強さだった。

　新平は倒した相手に手を差し伸べ、起き上がるのを助けると「ありがとうございました」と礼を言って、土俵に戻った。

「城市先輩。お願いします」

　新平が次の相手に指名したのは、昨夜乙葉にフラれた城市先輩だった。

　遥はそっと乙葉の顔を見た。乙葉は表情一つ変えずにただじっと土俵を見つめていた。

　城市先輩は土俵に立つと、仕切り線の上の砂を念入りに足で払った。

　両者拳をつき、見合う。

　ガチッと鈍い音で、ぶつかった。

　城市先輩の体は新平よりも少し大きく、手も長い。新平のまわしを先に取ろうと右手から攻めに入った瞬間……新平は、ほんの少し右に傾いた城市先輩の重心移動を利用して、左から右にいなすように、叩き込んだ。

　城市先輩の大きな体は、簡単に土俵の真ん中に崩れ落ちた。

「何やってんだよ、城市！」

　石渡コーチが叫んだ。

「はい！」

城市先輩がコーチの前に立ち、指導を受ける。

「完敗だね」

ハルさんがつぶやく。N大の女子たちは新平がN大に入ってくれるのかどうか、そんな話で盛り上がり始めた。けど、遥は新平が次に指名する相手が気になって仕方なかった。

新平が迷わず指さしたのは、健太郎だった。

健太郎は表情一つ変えずに立ち上がると、土俵に入った。

新平は、それまでと全く同じ真剣な顔つきで、健太郎を睨む。

その顔を見た時、遥は思った。

新平は知っているんだ。

健太郎が右手をつき、ゆっくりと左手を置いた、瞬間、両者が飛び出し、がっちりと組み合う。

押し合いでは健太郎も負けてはいなかった。

乙葉は、まともに見ていられないのか、目をぎゅっととじ、何かぶつぶつ言いながら、祈るように両手を組んだ。

健太郎が小回りを利かせながら、うまく新平の力を逃がして粘り、まわしを摑むチャンスを見計らう。

行け！

遥は心の中で叫んだ。

しかし、土俵際まで詰め寄られたが最後、新平の重みに負け、健太郎はそのまま寄り切られた。

「全然面白くないねえ！」

稽古場に、迫力のあるしゃがれ声が響いた。

はっとして稽古場を見渡す。乙葉も目を開けて、立ち上がった。

遥たちの背後、座敷の奥に一二三先生が厳しい表情で立っていた。

「新平、強くなりたかったら、ちゃんと相手を選んで稽古しな」

新平は一二三先生の言葉には何も答えず、N大の四年生を指名した。

遥の目は自然と健太郎を追っていた。

健太郎は、さっきの取り組みで外れたテーピングをゴミ箱に捨て、新しいテーピングを足の親指に巻き付けていた。

「一二三先生！」

石渡コーチが座敷の座布団をパンパンと叩いて、一二三先生にどうぞと差し出した。石渡コーチも森道場の卒業生だというのは、乙葉から聞いていた。

「お前、また痩せたな」

一二三先生は石渡コーチを見て言った。

「いやあ」

石渡コーチが照れたように頭をかくと、

「病気じゃないのか」

一二三先生が毒を吐いた。「ち、違いますよ」と石渡コーチが否定する間にもうその話題に飽きたのか、N大の女子と話し始めていた。

午後になり、女子が土俵を独占しての練習が始まった。一二三先生は、座敷に腰を下ろし、練習を見ていた。

四股、準備運動、ぶつかり稽古と、順に進んでいく。

「おい、男子、胸出ししてやれ」

石渡コーチに言われ、やってきた男子の中には新平もいた。

新平は二つある土俵のうち、乙葉がいる方の土俵に入ると、両腕を広げて、受け身を取った。

七海先輩、乙葉、遥の順でぶつかる。

新平は乙葉がぶつかるといちいちからかうような言葉をかけて、じゃれた。

「よし、乙葉、遥と十番行け」

遥と乙葉が土俵に立ち、見合う。

シャワーを浴びて戻ってきた男子たちも、女子の稽古を見ていた。中には健太郎の姿もある。

遥はなぜか緊張していた。ただの練習だ、と思えば思うほど、心臓は大きな音が鳴った。一二三先生の視線を突き刺さるように感じる。自分じゃなく乙葉を見ているんだ、といくら自分に言い聞かせても、緊張はとけなかった。

あうんの呼吸で見合い、飛び出す。

順子さんに叩き込みで負けてから、思いっきり相手にぶつかれなかった遥が、久しぶりに思いっきり頭からあたれた。トラウマよりも緊張が勝り、何も考えずに飛び出した結果だった。

ゴチッと、鈍い音が鳴った。

「お、いいぞ」

珍しく声を発したのは吉田先生だった。

普段は何も言わない先生だが、遥のスランプは気にしていたようだった。

立ち合いの良さに気が抜けて、そこからは一気に乙葉に寄り切られた。頭から突っ込んだ痛みで涙目だが、立ち合いが修正出来ていることが嬉しかった。

一番、二番、三番……十番。結局十本やっても乙葉には一度も勝てなかった。

「ありがとうございました」

それでも立ち合いで前に出られるようになったことに、遥は自分自身のスランプ脱却の手がかりを見つけた気がした。

取り組みが終わると、乙葉はすぐに一二三先生に呼ばれ、指導を受けた。

少しでもその指導内容を盗もうと、遥は一二三先生の指導に耳を傾けた。

「遥、遥」

七海先輩に呼ばれて、我に返る。

「足、親指血が出てるよ。テーピングした方がいい」

見ると、右足の親指が擦れて切れていた。

更衣室に戻る前に外の水道で足を洗っていた時だった。

テーピングテープが目の前に差し出された。顔を上げると健太郎が笑って立っていた。

「ひでー傷」

健太郎は、足を覗き込んだ。

「擦《す》れたみたい」

「初めての土俵は合わないこともあるから、巻いた方がいいよ」

健太郎は、テープを適当な長さに切ってくれた。

「うん」

傷にパッドを当ててからテープを巻き付ける。

「一二三先生、来てたね」

「ばあちゃんは新平のいるとこならどこでも現れる」

健太郎の言葉に、遥の胸はチクリと痛んだ。

「あー、別にひがんでるわけじゃないから」

健太郎が付け加える。

遥はわかってるというように笑った。

「あいつには才能がある。恵まれた体がある。自分じゃどうにもならないことってあるんだよな」

健太郎が、テープを切りながら吐き出すように言った。

それは、遥がずっと持ち続けてきたのと同じ思いだった。

わかる、わかるよ。

遥は、心の中で健太郎の言葉に共感しながら、口では逆をつぶやいた。

「そんなこと言わないでよ」

健太郎は手を止めて遥を見た。

「健太郎には、そういうこと言って欲しくない」

遥は、走って稽古場へ戻った。


「茶髪」

一二三先生に言われ、自分が呼ばれたとは気づかず、キョロキョロしていると、頭を指さされた。

「お前さんだよ」

遥は一二三先生の前に立って「はい」と返事をした。

「相撲は楽しいかい？」

「へ？」

唐突な質問に、戸惑う。スランプで悩んでいる今、楽しいかと訊かれてどう答えるべきか、

長々と現状を説明するべきか、そんなことを考えていると、

「もういい」と、いなされた。

「正直、今はつらいです。どうやったら自信をもって相手に向かっていけるか、わからないし」

「そんなこと訊いてないよ。あたしは、楽しいかい？　って訊いたんだ」

「楽しくは、ない……です」

遥は正直に答えた。

「楽しかったことはあるかい？」

「あります。だから、もう一度やろうと思ったんです」

そう答えると、一二三先生は行っていいという感じで、しっしっと手を振った。

その夜、遥は寝付けなかった。

午後は思い出したくもないくらいキツイ練習だった。いつもの練習に加えて、筋トレ、ジョギング、締めに四股を百回。練習後は吐くほど食べさせられ、体中が悲鳴を上げていた。もう一ミリも動けないほど体はぐったりなのに、頭の中では今日起きたことがぐるぐると回っていた。

健太郎と話したこと、一二三先生の問いかけ、乙葉との取り組み、何度も思い返しては、ため息をついた。

明日の練習のためにも……と思い無理やり瞼を閉じる。何度も寝返りをうって、ようやく眠りに落ちた。最後に時計を見た時には午前二時を回っていた。


合宿最終日。遥たちとN大で団体戦を行うことになった。乙葉は団体戦をやると聞いた時からずっとそわそわしている。

「もしこの試合に勝ったら、関東ブロック代表に勝ったって実績になるよね」

自分たちしかいない更衣室で、乙葉が興奮気味にささやく。

「今さら今年の代表は変わらないけどね」

七海先輩がクールに切り返す。

「でも、まあ、来年からは予選を行うかもしれないよね。練習試合とはいえ、勝ちましたって実績があれば」

「でしょ、そうでしょ⁉」

乙葉は、目を輝かせた。

来年、七海先輩が卒業し、新入部員が入ってこない限り部員は二人だ。遥だって今はまだ仮入部状態である。

「勝ってから考えよ」

七海先輩に言われ、乙葉も我に返る。遥も気持ちを切り替えるようにまわしをポンと叩いた。今はとにかく、目の前の一戦に勝つことだ。


実際の大会と同様、事前にそれぞれのチームの先鋒、中堅、大将のオーダーを提出することになった。N大はせめてものハンデということでオーダーを公表した。

「うちは、先鋒、順子、中堅に美月、大将が静。ま、いつものオーダーです」

石渡コーチが自信ありげに笑った。


それを受けて吉田先生とオーダーを考える。

「もし、一つでも多く勝つことを考えるなら、先鋒井本には乙葉で確実に一勝。中堅に七海で五分の勝負、ラストに、遥」

遥は息を呑んだ。自分が大将戦に出るとなれば、それは完全に捨て駒だ。ブロック大会の健太郎の姿を思い出した。自分の倍近くある体重の選手に、子供のように投げられた。

郷田静選手は無差別級の日本チャンピオンになったこともある選手だ。体重は遥の倍近くある。しかしそんな郷田に乙葉は、この合宿中の三番稽古でも何度か勝っていた。

「どうだ？　遠慮しねーで、言いたいこと言ってみろ」

吉田先生は遥の顔を見た。

七海先輩も乙葉も黙ってオーダー表を見つめている、多分いろんな組み合わせをシミュレーションして、どうしたら勝てる可能性が少しでも高くなるかを必死に考えているのだ。

簡単だ。と、遥は思う。

このオーダーのままいけば勝てる可能性は五割。ただ……。

「先生、私を先鋒で使ってもらえませんか」

言っただけなのに、緊張で声が震えた。

「遥……」

乙葉が驚いた顔で遥を見た。

「私は、まだ井本さんに一度も勝てていません。だから、私が先鋒に出た場合、チームが勝つ可能性は低くなります。でも……私、捨て駒じゃなくて、勝負がしたいです」

七海先輩が、遥の肩を叩いてにっこりと笑った。

「先生、私はいいですよ」

吉田先生は「いいか？」というように乙葉の顔を見た。

「もちろん！」

と声を上げて、遥をハグした。

「大丈夫、私、死んでも静さんに勝つから、遥は思いっきりぶつかってきて」

乙葉はいつも強い。

乙葉が発する言葉には、本当にそうなるような力がある。


午前中はいつも通りの稽古をこなし、昼の休憩をはさんでから団体戦を行うことになった。石渡コーチの提案で、団体戦は三本行うことになった。

試合前、遥はテーピングテープを探しに行ったところで、健太郎に会った。

「お疲れ」

健太郎が声をかけてくる。

「テーピング借りていい？」

「団体戦、先鋒だって？」

「うん」

健太郎はテーピングのテープを適度な長さに切って、渡す。

遥は受け取ると、足の親指に巻き始めた。

「じゃあさ、星川が勝ったら、ジュース一本おごってやるよ」

「マジ？」

「マジ」

「もし負けたら？」

「俺にジュースをおごる、一週間毎日」

「なにそれ。なんかあんま嬉しくない」

「約束だぞ。嫌なら勝てよ」

健太郎の言葉に遥は「うん」と頷いた。

ぶっきらぼうな言葉が、どうしようもなく嬉しかった。


午後になり、女子の団体戦が始まった。

初戦。遥は、乙葉に背中をバンと叩かれて土俵に上がった。

男子たちも練習を止めて、見学している。座敷には一二三先生の姿もある。

健太郎と新平も座って試合を観ていた。

「東、井本。西、星川」

審判役の石渡コーチに名前を呼ばれ、土俵に立つ。

遥は、仕切り線の土を足で払うと、両手をついて相手の準備を待った。

井本順子はいつも練習をしている、いわばホームでの戦いに余裕の笑みで、仕切り線の手前に手をついた。

ブロック大会での記憶が遥の頭をよぎる。

立ち上がりであっさり叩き込まれ、試合すらさせてもらえなかった。

「はっきょい」

石渡コーチの声で、同時に飛び出す。

頭では突っ込もうとするのに、体が前に出ることを拒否する。それでも必死に気持ちで押し切り、なんとかぶつかる。

相手の胸に頭を押付けたまま、必死にまわしに手を伸ばす、一足先に相手が遥のまわしを摑む。四つ身になった。

「押せ！　星川、我慢だぞ！」

吉田先生の声が聞こえる。先生の声が耳に入ってくるだけ、まだ冷静なんだと、自己分析しながら、指示をかみ砕く。

我慢だ。このまま、押していければ。

力を込めた瞬間、ものすごい力で体を引っ張られ、思わずバランスを崩す。慌てて体勢を立て直そうとするが、摑まれたまわしをぐいぐい引っ張られ、うまく立っていることが出来ない。

気づくと、遥は土俵の中に転がされていた。

「下手投げ、井本順子」

石渡コーチの声で、下手投げで負けたことに気づく。

礼をして土俵を降りながら、取り組みを思い返す。押す力では負けていなかった、なのに、まわしを取られてからは一切自分の動きをさせてもらえなかった。

順ちゃんは柔道経験者だから、まわしを取られたらやっかいだよ、と言っていた乙葉の言葉を思い出した。

順子さんは確かに強い、けど乙葉や七海先輩の強さとは何かが違う気がした。たぶん彼女がやっているのは相撲のルールに則った柔道なのだ、と気づく。

乙葉と七海先輩が「どんまい」と出迎える。

「ごめんなさい」

遥が謝ると、七海先輩は遥の肩を優しく叩いて、土俵に向かった。

七海先輩の試合が始まった

相手の美月さんも七海先輩と同様スピード感のある取り口の選手だ。七海先輩の突きは素早かったけれど、美月さんの突きは鋭いだけでなく、重い。激しい突きの応酬が続くと、七海先輩はしのぎ切れず、バランスを崩した。その一瞬の好機に、美月さんが一気に押し出しで決めた。

二敗。

乙葉が勝っても団体戦一回戦目の負けは確実となった。

「よっしゃ」

負けが決まったことなど関係ないといった感じで、乙葉は気合いを入れて土俵に上がった。

「乙葉、行けー」

声をかけたのは新平だった。

乙葉は新平の声援に応《こた》えるように、軽く手を上げた。新平の横では健太郎がただじっと土俵を見つめている。

重量級の静さんの体重は、乙葉のほぼ倍はある。普通ならそんな相手の前に立てば、華奢に見えるはずだった。けど、乙葉は違った。

体をほぐすように跳ねたり、肩を回したりしている姿は、堂々としていた。静さんの方が思案を巡らすような顔つきなのに対し、乙葉は覚悟を決めて勝ちにいっているような表情だ。顔つきだけで言えば、軍配はすでに乙葉に上がっているように見えた。

大相撲では五十キロぐらいの体重差がある取り組みなど珍しくない。乙葉が好きな鷹の山だって、百キロ差の勝負に何度も挑んできた。本来の相撲とは無差別にやるものなのだ。

それにしても、と遥は思う。

自分ならあれだけの体格差がある相手を前にしたら、恐怖心をぬぐえる自信はない。

「構えて」

乙葉は、いつものように軽く握った右手を仕切り線よりも少し手前について、日線をぐっと上げ、相手を見据えた。

にやり。

乙葉の口角が上がる。

まるで、学校から帰った子供がランドセルを放り出した瞬間のような、そんな純粋な笑みだった。


「はっきょい」

ずしん、という重い音でぶつかる。

二人の激しい衝突に、遥は思わず声が出そうになり口を手で押さえた。

乙葉は低い姿勢でしっかりと耐えていた。相手が大きく体を揺らしながらまわしを取ろうとするが、させまいとうまくかわしながら、堪える。

「乙葉！　我慢だよ、我慢」

それまでずっと黙って観ていた一二三先生が声を上げた。

静さんが大きく体勢を傾けて勝負を賭けた、その時、乙葉が動いた。

まわしを取ったのは乙葉だった。

そのまま相手のバランスを崩すべく、思いっきりまわしを引くが、大きな体はそう簡単には動かない。

ここまでか——。

遥がそう思った次の瞬間、乙葉は静さんの右側に回り込み、足をかけた。静さんの左膝の裏側に自分の右膝を当て、テコの原理で、静さんの体をそのまま後ろに引く。

「切り返し」

七海先輩がつぶやく。

静さんの体がぐらりと揺れる。重い体は止まっている時は安定しているが、一旦バランスを崩すと、立て直すのが難しい。乙葉がさらに深く足を入れると、静さんの体はまるで、切り倒された巨木のように、ゆっくりと仰向けにどうと倒れた。

「おおーっ」

男子部員からも思わず感嘆の声が上がる。

「乙葉！　いい相撲だ！　いい相撲だった」

吉田先生が興奮気味に叫んで、手を打った。

完璧な相撲だった。自分よりも大きな選手を倒すために有効な技はそう多くない。テコの原理を利用した『切り返し』なら体重差がある相手を、最小の力で倒せる。けどその技を使いこなすためには相当な練習と、本番で技を繰り出す冷静さが必要だ。

勝者の乙葉はきちんと腰を落として礼をし、土俵を降りた。

三人揃《そろ》ってN大の先輩たちに頭を下げた。

「遥」

乙葉が声をかける。

「捨て駒なんてないって、私は思ってる。どんな人が相手でも、自分が全力でやる限りは、勝つって気持ちを持ち続ける限りは、捨て駒にはならない」

健太郎のことを言っているんだ、と遥は思った。

乙葉が今の相撲を見せたかった本当の相手は、健太郎なのだと思った。

言葉じゃなくて、乙葉は自分の相撲を見せることで、諦めて欲しくないと健太郎に訴えているのだ。

遥の体の中に、ぽっと灯がともったようだった。

その熱は全身に広がり、のぼせたように熱くなった。

乙葉のようになりたい、そう思った。

小学生の時、相撲を始めた時と同じ気持ちが遥の中に広がった。

乙葉に憧れて相撲を始めたあの日。

相撲がただ楽しくて、強くなることが嬉しくて、がむしゃらだった。


遥、乙葉、七海先輩の三人は、一二三先生の指導を仰いだ。

一二三先生は、まず乙葉にアドバイスをした。その内容はやっぱりダメ出しだった。七海先輩は取り口に工夫がない、頭を使えと言われ、具体的なアドバイスもいくつかもらっていた。


何を言われるんだろう。

遥はドキドキしながら、一二三先生の言葉を待った。

「お前さんは下手になったねえ。昔の方がよっぽどいい相撲をしてた」

「え……」

小学生の時のことを言われているんだと理解するまでに時間がかかった。

「前に出なきゃ相撲は取れない。叩かれるのを怖がって止まるくらいなら、相撲なんかやめちまいな」

そこまで言わなくても。

遥はしょげるよりも反発心が湧《わ》いた自分に驚いた。

「相撲は、常に自分との闘いだ。我慢して自分を信じて、気持ちを強く持って相手に当たれば、絶対に勝てる。お前さんに足りないのはそれだよ、自分がないんだ」

一二三先生の言葉が遥の胸に突き刺さった。

その後、同じオーダーで団体戦を二回行ったが、結局、遥は一勝も出来ないままだった。

乙葉は三戦三勝、七海先輩は最後に一勝して、合宿は終わった。

もう一泊する男子と吉田先生を残し、遥たちは合宿所を後にした。


——自分がないんだ。

一二三先生に言われた言葉が、遥の頭の中でずっと響いていた。

合宿の翌日、練習は休みだった。その一日で、遥の相撲に対する熱はどんどん冷めていった。

試合で思いっきりぶつかれないのは、スランプだと思っていた。誰にでもある一時的なものので稽古を重ねれば、と思っていたのに、合宿でもそこから抜け出せなかった。乙葉や七海先輩との力の差は広がるばかりだった。そこへ来て「自分がない」という一二三先生の言葉で、気持ちは完全に切れた。

合宿の翌々日「休みたい」と乙葉に連絡した。夏バテ、と嘘をついた。乙葉は「わかった。お大事に」とだけ言って、電話を切った。

それきり、遥は練習を休み続けた。練習に来いとは言われなかったが、乙葉はその日の練習メニューなどをラインで報告してくれた。けど、遥は返信すらしなかった。

「遥！」

駅で待っていると、いかにも夏らしい色の服を着たアイちんとミナが駆け寄ってきた。Tシャツにショートパンツという、無難な服装の遥と違い、二人は華奢なキャミソールや、ワンピースを着ている。骨が浮き出るような細い肩が、まぶしい。

プールに行こう、とアイちんたちを誘ったのは遥だった。練習をサボり始めて今日で五日目。罪悪感がないと言えば嘘になる。けどこんな気持ちのまま練習に出ても仕方ないと高を括っていた。

「久しぶりじゃん」

挨拶代わりの言葉を一通り掛け合いながら、ホームに降りたところで、ばったり乙葉に会った。乙葉はまさしく部活に行くというジャージ姿で反対方向の電車を待っていた。

「……」

互いに言葉もかけず、すれ違う。アイちんたちは乙葉に「おはよう」と声をかけたが、遥と乙葉の空気を察したのか、深追いしなかった。

「部活、夏休みじゃないの？」

アイちんに訊かれ、遥は曖昧に頷く。

まだ仮入部だし、私がやめても元に戻るだけの話なんだ……自分にそう言い聞かせても、乙葉の硬い表情が遥の脳裏に貼りついていた。


去年買った水着は少し窮屈だった。相撲を始めてから六キロ増えたのだから仕方ないと思い、更衣室の鏡の前に立つ。体重は増えたのに、体つきは去年よりもしまって見えた。

夏のプールはカップルや家族連れで溢れ返り、ほとんどイモ洗い状態だった。

スライダーに乗るにも、ジュースを買うにも行列に並ぶ。でも待ち時間に話したいことは山ほどあった。

相撲のことを忘れたくてわざとはしゃいでみたけれど、心のどっかに石が載っているような感覚がずっとあった。


帰りの電車に乗った時だった。

「遥」

遥よりも先にアイちんとミナが反応して、遥の肩を叩いた。少し離れたところに結衣と勇人が手をつないで立っていた。

「ほら、やっぱ遥じゃん」

結衣は嬉しそうに勇人の腕を叩いた。勇人は「あ、うん」と頷いた。

「友達?」

アイちんの言葉に笑って頷いたが、顔が引きつったのが自分でもわかった。

「あ、もしかしてプール? 私たちもいま行ってきたの。一緒だったんだね」

結衣が会話をぐいぐいリードする。

まわしでのジョギング以来の再会に、遥の気まずさはピークに達していた。

「あ、私、次で降りるね」

最寄り駅の五つ前の駅で降りると宣言したことで、アイちんたちはすべてを察したようだった。

「ねえ、遥、部活、どう？　お相撲」

結衣の発言に、前に座っている人の興味本位の視線が飛んできた。

「……うん、まあ」

「え、まだやってるの？　お相撲。ええー、すごーい、ねえ？」

と勇人にわざとらしく同意を求めた。遥の手が震えた。怒りなのか恥ずかしさなのかわからない。でも何か言わずにはいられなかった。何か言おうと大きく息を吸い込んだその時、

「ってか、バカにしてんの？」

遥より先に爆発したのはミナだった。

「ええっ？」

結衣はとぼけたように笑った。

「私はただ、相撲がんばってって言おうと思っただけで……」

結衣の言い訳に、すかさずアイちゃんが突っ込む。

「全然、気持ちこもってないし」

「リスペクトなくね？」

ミナがかぶせた。

次の駅に着くと、勇人が「降りよ」と結衣の手を引いた。

「星川さん、ごめんね」

勇人は遥にそう言って電車を降りていった。気まずい沈黙が車両に流れる。

「……遥、うちらさ、ずっと謝ろうと思ってたんだ。前に、遥が保健室に運ばれた時のこと……」

アイちんが言った。

「部活のこと、なんも知らないのに笑ったりしてほんと、ごめん」

「ごめん」

ミナも頭を下げる。

「ちょっと、何？　やめてよ」

突然のことに、遥は戸惑う。

「実はさ、あれから一度練習を観たんだよね、相撲部の。そしたら、なんかめっちゃハードに試合？　みたいのしてて、すごいなって思ってさ。ミナなんか泣いてんの」

「ちょっと、それ言わない約束！」

知らなかった。二人が稽古を観ていたなんて、でもなんで？　と思う。

「なんで？　いつ？」

「結構前、乙葉に一度観に来いって言われて……」

「怒られて」

　怒った乙葉を想像して、遥は噴き出しそうになった。

　アイちゃんとミナを前にして、相撲とはなんぞや、みたいなことを語ったんだろうな、と思うと、逆にアイちゃんたちが気の毒にすら思えてくる。

　同時に、今朝ホームですれ違った乙葉の表情を思い出し、遥はどうしようもない後悔に襲われた。乙葉の硬い表情は、怒りじゃなくて悲しみだったんだと今さらながら気づいた。

「相撲やってる遥、めちゃかっこよかったよ」

　ミナが笑う。

「うちら、応援してっからさ、遥のこと」

　アイちゃんが照れかくしのように、遥の肩をバンと叩いて「かたっ」と笑った。

「そうそう、チアは応援専門部隊だしね。次の大会には呼んでよ」

　遥は笑った。

「相撲にチアの応援とかいないよ、全然合わないし」

「えぇーなんで、いいじゃん、ねえ？」

　と、ミナがチアのフリで踊ってみせる。

そんなミナをわざと無視するように、アイちんが「部活休みの時はまたあそぼ」と声をかけてくれた。

心がじわっとあったかくなるのを感じた。

駅から自転車に乗って家に戻ると、家の前に見覚えのある自転車が止まっているのが見えた。

「よ」

健太郎だった。


近くの公園に着くと、健太郎が「俺、コーラな」と自販機をさした。

「約束、したろ。一週間俺にジュースおごるって」

ああ、と頷いて、コーラを二本買う。

「なんで、休んでるわけ?」

訊かれると思った、って顔でコーラを飲むと、炭酸が目に抜けた。

「……ちょっといろいろ考えたくて」

「ふうん、サボりか」

「違う、私、仮入部だし。いろいろあるの、これからのこととか」

健太郎はコーラを飲み干すと、公園の時計を見た。

「じゃあ、六時に道場に集合な」

「え？」

遥の答えを待たずに、健太郎は自転車に向かって歩き出した。

「ちょっと、何それ」

「まあいいから、とりあえず、まわし持ってこいよ」

「ちょっと！」


来てしまった。と、道場の前で半分後悔していると、道場から練習終わりの小学生が飛び出してきた。

「こんにちはー！」

と声をかけられ「お疲れさま」と返す。キツい稽古のあとでも子供たちは笑顔でじゃれ合っている。体の大きい子も小さい子もいて、中には女の子も数人いた。

道場に入ると、ジャージ姿の健太郎が土俵の整備をしていた。

「星川も手伝ってよ、掃除」

「え？」

「今日、大掃除なんだよ」

「なんで？」

「明日が道場の開校記念日だから」

なんで手伝いしなきゃならないのかと、不満に思いながらも遥は掃除を手伝った。てっぽう柱を拭き、座敷を掃いて拭く。脚立《きゃたつ》を使い、神棚の掃除に取り掛かった時だった。神棚に載っているものを全部下ろすと、何かが書いてある半紙の束が出てきた。何気なく開いて見る。

それは、道場に通う子供が年初めに書く目標や願い事のようなものだった。

「これ、お正月に書くやつ……だよね」

健太郎が近づいてきて、覗き見る。

「ああ、ばあちゃんに書かされるやつ、な」

めくっていくと、可愛らしい文字で「わんぱくずもうでゆうしょうしたい」「わんぱくで一勝できますように」とか、たまに「犬をかいたい」と相撲とは関係のないことも書いてあり、思わず笑ってしまう。

ペラペラとめくっていくと、文字が達筆になっていった。中高生も書いているんだな、と思っていると「遥」と書かれた文字が目に入った。

取り出して見る。

『遥ともう一度相撲が出来ますように　高校一年　島崎乙葉』

手を止めて見入っていると、健太郎が来て「ああ」と声をかけた。

「あいつ、毎年同じこと書いてる」

「……毎年？」

健太郎は、神棚の奥にある和紙を張った箱を取り出すと、中を開けて見せた。

「ばあちゃんが、在籍してる子のは全部とっておくって言って……」

健太郎は箱から『乙葉』の札が付いた半紙の束を取り出して、遥に渡した。

開き見る。

『遥ともう一度相撲が出来ますように　中学三年　島崎乙葉』

見た瞬間、一気に涙が溢れた。

もう一枚めくる。

『遥ともう一度相撲が出来ますように　中学二年　島崎乙葉』

『遥ともう一度相撲が出来ますように　中学一年　島崎乙葉』

「今でこそ女の子いるけど、あの当時は乙葉と星川だけだったもんな。乙葉は、本当に嬉しかったんだと思う、星川と相撲出来たこと」

遥は、涙をぬぐいながら、他の半紙をめくり続けた。

『遥が中学受験に合格できますように　小学六年　島崎乙葉』

「……」

遥は、半紙の束を持ったまま、道場を飛び出した。

健太郎はもう一つ「遥」の札が付いた半紙を開いて見る。

そこには『乙葉とずっと友達でいられますように　小学六年　星川遥』と書かれていた。


遥が道場を飛び出して、自転車に乗ろうとすると、

「遥?」

名前を呼ばれ、振り返ると乙葉が立っていた。

「なんで?」

互いに声を上げる。

「健太郎……」

またもハモって、思わず笑ってしまう。

「乙葉、ごめん。私……逃げてた」

「……」

「これ、これ何？」

遥は、乙葉が願い事を書いた半紙を広げてみせた。

「ちょっと、それ見るの、反則！」

乙葉は照れたように半紙を取り上げた。

「もう見ちゃったよ」

乙葉は観念したように、息をついた。

「……遥は、一生私の友達で、ライバルなの」

乙葉は遥の目をしっかりと見て続けた。

「私、あの時ほど、相撲が楽しかったことないの。だから、どうしてももう一度、遥と相撲がしたかった」

遥は「うん」と頷いた。

「相撲、しよう」

「……うん」

そこからはもう、抱き合ってなにがなんだかわからないくらいに泣いた。

「おせーよ、乙葉！」

中から健太郎が顔を出して、ようやく遥と乙葉は涙を止めた。

三人で道場の掃除を終え、着替えて練習を始めた。

健太郎はまわしを着けた遥を見て、満足気に頷き「四股」と言って、勝手に踏み出す。

「あとで、もう一人来るから」

もう一人？　遥は腑に落ちないまま、四股を踏み始めた。一週間休んだだけなのに、足に走る刺激に懐かしさを感じる。

三人で四股を踏み、柔軟、すり足とメニューをこなしていく。

「なんだい、その適当な動きは」

しゃがれ声が響いたかと思うと、一二三先生が立っていた。

「よろしくお願いします」

健太郎と乙葉につられ、遥も挨拶をする。

もう一人の参加者というのは、一二三先生のことだったのか、と、騙《だま》されたような気持ちになった。

「よし、申し合い。誰から行く？」

一二三先生はそう言って、遥を見た。

「茶髪、用意しな」

遥は「はい」と返事をして、土俵に入る。

「健太郎」

一二三先生に言われて、遥の前に健太郎が立った。

「思いっきり行きな」

遥は小さく頷き、仕切り線に拳をつけた。健太郎と見合い、飛び出す。

思いっきりぶつかる。

健太郎はしっかりと力を受け止めながら、押し返してくる。男子は力が強い分、うまく調整して、型を合わせてくれる。女子よりはるかにうまくいなしたり、技をかけさせてくれるので、いい練習相手になるのだ。

「さあ、そっからどうする」

一二三先生に言われて、頭をフル回転させる。自分の型を探りながら、最後は寄り切る型で、健太郎を押し出した。

「乙葉」

遥は乙葉を指名した。「頭使いな」「軸足はどっちだい！」一二三先生は遥にアドバイスを投げ続けた。

健太郎と乙葉が交互に遥の相手を繰り返し、十番取り終えたところで、一息つく。

「乙葉、健太郎と三番」

乙葉と健太郎が土俵に立ち、取り組みをする。

遥は、一二三先生のすぐ横に立って取り組みをじっと見ていた。

「あの子は、部活が終わってからここで稽古してる」

一二三先生がぼそっとつぶやく。

「え……」

遥は乙葉を見た。

「ほとんど毎日だ」

知らなかった。乙葉が強いのにはちゃんとそれなりの理由があったのだ。

「強くなりたきゃ、稽古するしかない。相撲では日々の鍛錬、稽古が一瞬の取り組みにすべて出るからね」

部活だけでも相当疲れているはずなのに、さらにここへきて稽古をしているというのか。

遥は、乙葉を見た。

キレのある動きはいつもと変わらない。

そこに疲れや手抜きは一切感じられなかった。

「自信ってのは何も試合に勝ったからって得られるもんじゃないんだよ。どれだけ自分が納得出来る努力をしてきたかってことが大事なんだ。そういう人間は、自信が全身の毛穴から噴き出るもんなんだよ」

この一週間、部活をサボった自分がどうしようもなく情けなくなって、遥は唇を噛みしめた。

「あの頃」

一二三先生は、道場の壁に飾ってある写真を指さした。

遥がわんぱく相撲大会で優勝した時のものだ。

「お前さんは、ほんとに強かった。ちゃんと自分を持ってた。自分の相撲を取ってた」

自分の相撲は自分で探すしかない。相撲って結局、自分との勝負なんだと遥はようやく気づく。

「あの日、お前さんが乙葉に勝ったのは、運でもまぐれでもない」

一二三先生は遥の目をじっと見た。

「お前さんは、ちゃんと強かったんだよ」

遥の目から涙が溢れた。

あの頃、逃げるのが嫌で、弱い自分が嫌で、強くなるために必死に稽古をした。乙葉に追いつきたくて、自分を少しでも好きになりたくて、努力した。今、自分に足りないのはそんな気持ちなのだと改めて気づく。

「先生……私」

遥は涙をぬぐって、先生を見据えた。

「強くなりたいです」

一二三先生は、遥の前髪を撫でたかと思うと、おでこにビシッとデコピンを入れた。

「痛っ！」

遥は思わず声を上げ、おでこを押さえる。

「毎日この時間だよ」

一二三先生はそれだけ言うと、道場を後にした。

一二三先生の言葉の意味がすぐには理解出来ず、健太郎を見る。

「部活の後、自主練したいなら、明日から道場使っていいってことだよ」

健太郎が通訳する。

「先生も遥にやめて欲しくないんだね」

　乙葉が笑った。

「勝手に休んで、すみませんでした」

　翌日、遥は部に復帰した。遥が頭を下げると、七海先輩が真っ先に手を叩いて「お帰り」と笑ってくれた。

　男子部員たちはあまり気に留めていなかった様子で、七海先輩につられて拍手した人もいれば、頷くだけの人もいたといった感じだった。

　吉田先生の前に立ち、頭を下げる。

「お前……ほんとに物好きだな」

　先生は笑った。

「俺は、ガキん時からもう三十年相撲やってるからよ、相撲やめたくて逃げ出した奴何人も見てきたわけよ。んだからさ、逃げたくなる気持ちもよーくわかるわけ。お前、なんで戻ってきちゃったんだよ」

　先生は真顔で訊ねた。

「強くなりたくて」

遥は笑顔で答えた。

先生は「やっぱ、お前ら頭おかしいだろ」と、女子部員をさして言った。

遥たちは、笑いながら練習を始めた。


遥は練習後に森道場にも通い、一二三先生の指導を受けた。一二三先生の辞書に褒めて伸ばすなんて言葉は一つもなくて、部活で疲れた体にさらにムチを打たれる感じでしごかれた。毎日、昼過ぎから部活、夕方一旦家に戻り、夜は森道場に通う夏休みが続いた。乙葉も毎日練習に来ていたし、七海先輩が来る日もあった。健太郎はほぼ毎日胸を貸してくれた。井本順子に立ち合いで叩き込まれてからというもの立ち合いに苦手意識がある遥は、とにかく立ち合いの稽古を集中的にした。一人の時にはサンドバッグに当たり、部活の時には一年男子の胸を借りた。

「自分のタイミングを掴む、相手をちゃんと見る、やみくもにぶつからない」

それを意識するだけで、立ち合いは随分と改善された。

稽古に費やした時間の分だけ、自分の中に自信と力が蓄積されていく手ごたえがしっかりとあった。

夏休み、最後の日。

道場での稽古が終わると、新平が花火を持って現れた。

「新平！」

乙葉が驚いて駆け寄った。

寮から帰宅した新平は、今日だけ外泊の許可が下りた、と嬉しそうに話した。

「俺もやる」

健太郎がバケツに水を入れて現れ、道場の外で花火大会をすることになった。

遥と乙葉は「花火と言えば浴衣だよねえ」と笑い合ったが、現実はTシャツと短パンの練習着姿で、色っぽさの欠片もなかった。

「乙葉は浴衣よりまわしが似合う」

新平が軽口を叩くと、乙葉が新平にデコピンをした。

デコピンされた新平は口では怒ってるけど、顔は嬉しそうだった。

「見て見て！」

健太郎が打ち上げ花火を手に持ったまま、火を点ける。

「危ないよ！」

乙葉が声を上げる。

「やめなよ、バカ！」

遥が叫ぶと、健太郎は空高く打ち上げ花火を掲げた。

「ヒュー！」

と健太郎が打ちあがる度に声を上げた。

新平が真似して打ち上げ花火を手にしたまま火を点けた。なかなか着火せず、何度か火を点けているうちに点火線がなくなった。

と思った瞬間、バッと火が点いた。

「熱っ！」

新平は驚いて手を離した。

「新平っ」

乙葉が駆け寄る。

新平は花火のゴミが入ったバケツの水に迷わず手を突っ込んだ。

「大丈夫か？」

健太郎が新平の手を見る。新平の手は赤く腫れていた。

「氷で冷やそう」

乙葉がもう一方の新平の手を引き、稽古場の奥にある健太郎たちの自宅へ連れて行った。

健太郎は心配そうに二人を見送る。

「大丈夫だよ、ね……」

遥の言葉で健太郎は我に返った。

「あのバカ、大会前だってのに」

健太郎は、花火を片付け始めた。

「花火したかったんだよ、乙葉と」

何気に口にすると、健太郎は驚いた顔で遥を見た。

「見てればわかるよ。新平って、乙葉のこと好きなんでしょ？」

「それ絶対言うなよ。あいつ、高校卒業するまで告白しないって決めてんだから」

「なんで？」

「相撲に集中するためだろ」

「ふうん、でもバレバレだと思うけどな」

健太郎は「すげー、こえー、女子」と笑った。

「まあ、でも、乙葉は気づいてないと思うけど」

遥が言うと、健太郎は大笑いした。

「今、間接的に乙葉は女子じゃないって言ったよな」

「言ってない」

「言った」

「違う！　乙葉は、基本相撲のことしか考えてないし、考えたくないんだと思う」

「じゃあ、あいつ、初恋もまだかよ。マジかよ」

健太郎の発言こそ「マジかよ」と遥は突っ込みたくなった。

「マジで言ってる？」

健太郎に訊ねる。

健太郎は線香花火に火を点けて、じーっと眺めたまま口を開いた。

「そういえば、昔、好きって言われたことある。でも、俺は無理って答えた。乙葉と新平と俺は、ガキん時からずっと一緒で、新平が乙葉を追いかけてんのずっと見てたし」

「それって、弟のために身を引いた、的なこと？」

「昔はまあ、そんなとこ。でも今はそういうんじゃない、俺、好きな奴いるし」

健太郎の言葉に、遥は心臓をギュンと摑まれた気がした。

ずっと避けてきた。

自分の気持ちに気づかないように、ときめかないように、目を背けた。健太郎に優しくされる度に胸はキュンキュンなっているのに、知らんぷりした。

でも、やっぱり……健太郎が好きなのだと気づく。

「へえー、いるんだー」

精一杯の強がりで相槌を打ったら、じわっと涙が溢れそうになった。

気づかれたくなくて、少し遠くに落ちてる花火のゴミを拾いに立つ。

「星川」

振り返れない。

間接的失恋。

顔を見たら、多分、泣く。ってか、もう泣いてる。

「星川」

遥は、さらに遠くに行って、関係ないゴミまで拾った。

その時だった、グイッと腕を引かれる。

「……なんで泣いてんの？」

遥は涙を乱暴にぬぐった。

誤魔化す言葉は、いくら探しても出てこなかった。

離して、と健太郎の手を振りほどこうとした次の瞬間、遥は健太郎に抱きしめられていた。

「俺……星川が好きなんだけど」

思わぬ告白に、遥は完全に固まった。

関脇

恋なんてしません

夏休みが終わると、すぐに全日本女子相撲選手権大会のエントリーが始まった。二週間後には組み合わせの抽選が行われて、その一か月後には大阪の堺市《さかいし》で大会が開催される。

団体での出場は出来ないが、個人戦には全員がエントリーした。

階級は無理なく、今の体重でエントリー出来る階級にしようと話し合い、七海先輩が中量級に、遥と乙葉は同じ軽量級に出ることになった。

「おい、ちょっと女子集まれ！」

吉田先生が珍しく息を切らして稽古場に駆け込んできた。

「どうしたんですか？　珍しく走って」

七海先輩が笑う。

「そうそう、膝に悪いですよー」

と、遥が突っ込む。

「黙れ！　いいから聞け。腰抜かすなよ」

「先生、引っ張りすぎ！」

乙葉が待ちきれないというように急かすと、先生は口を開いた。

「全国の団体戦に、出られることになった」

先生の言葉に、全員が無言で固まった。

「さっき委員会があって、今年からふるさと制が適用されることになった」

七海先輩と乙葉は一瞬にして理解したようで、抱き合って喜んだが、遥にはさっぱり意味がわからなかった。

「どういうこと？」

遥が訊ねると、「ごめんごめん」と言って七海先輩が説明してくれた。

全国大会の団体戦には、学校や大学などの団体で出場する大会もあれば、ふるさと制と言って、出身の県でチームを組んで出場する大会もあるのだ。国体などでは、どのスポーツでも出身の県でチームを組むのが一般的だ。相撲も国体では県ごとにチームを組んで戦うため、それを見据えてふるさと制を導入する大会が増えている。

遥も乙葉も七海先輩も、正真正銘の神奈川生まれ、神奈川育ちだ。他に選手がいなければ、三人は無条件で神奈川チームとして団体戦に出場出来る。

N大の四人の選手はそれぞれ、青森、富山、長崎出身なので、ふるさと制が適用される大会は地元の代表として出ることになるのだ。

「神奈川出身で、今度の大会にエントリーをしているのは、お前らだけなんだよ」

吉田先生は喜びを嚙みしめるように言った。

頭を整理する。

全日本女子相撲選手権大会に三人で出場出来る。

団体戦で。

この三人で。

「やったー!」

ようやく状況を理解した遥も加わり、三人で抱き合って喜んだ。

男子部員たちも「よかったな」と拍手を送ってくれた。一年生と一緒に土俵の土をならしていた健太郎もほうきの手を止め、拍手をしている。遥は、健太郎と合った目を、すぐに逸らした。

あの夜以来、まともに話すことが出来なくなっていた。

健太郎に抱きしめられた遥は、精一杯の突きで、健太郎から身を離した。

「困る。こうゆうの、冗談でも困る」

健太郎は冗談なんかじゃないという目で遥を見た。

遥は結衣と勇人のことを思い出していた。

二人が付き合い始めたと知った時、全身の血が一気に頭に上るような初めての感覚に襲われた。

息はしているはずなのに、どうにも苦しくて、心臓が頭のてっぺんで脈を打っているようだった。何も手につかず、食事ものどを通らない日々が続いた。

バカだと思われても、生まれて初めて死にたいとすら思った。

女子高生にとって失恋はそれくらいの破壊力がある。

結衣と勇人。二人が手をつないで歩く姿を見た日、涙がこぼれた。

大事な大会を前に、乙葉を傷つけたくない。

乙葉にだけは知られたくない。

「ごめん……私、いま相撲のこと以外は考えたくないし、健太郎のことそういうふうに考えたことないから」

健太郎は苦笑いで頷いてから言った。

「ごめん……でも、好きって言ったことは謝らないよ」

男子は来週に迫った高校生の選抜大会に向けて調整が進んでいた。

この大会の団体戦は三人制で、選手の登録は五人までしか出来ない。団体に登録した選手のうち四名までが個人戦にも出場出来る。

吉田先生は二、三年生を全員登録し、一年生を一人入れて団体メンバーを構成した。個人戦のエントリーも二、三年を優先した結果、健太郎も個人戦に出場することになっていた。

夏休みが終わっても、遥の道場通いは続いていた。

練習中だけは健太郎と普通に接することが出来た。下手に意識して乙葉に感づかれないよう、出来るだけ普通を心掛けた。

でも、健太郎と乙葉が仲良さそうに話すのを見る度、遥の胸はチクッと痛んだ。好きな人に好きと言われたのに、応えることが出来ないもどかしさと、ヤキモチがごちゃ混ぜになって、考えないように意識すればするほど、苦しくなった。

「雨か……」

稽古中に雨が降り出した。夜にかけて荒れるという予報を知って、一二三先生は「ひどくなる前に帰りな」と、稽古を早めに終わらせた。

健太郎が傘を二本持ってきて、遥と乙葉に貸してくれた。

遠くで空がゴロゴロと鳴り始める。

「怖い怖い。健太郎、当然途中まで送ってくれるよね、女子二人じゃ危ないもんね」乙葉が冗談めかして言うと、健太郎は「はいはい」と、自転車を取りに行った。

自転車を押し歩く健太郎に乙葉が傘をさしかけた。

「いいよ、平気」

と健太郎が傘を乙葉の方へ押し戻す。

乙葉はまた健太郎の方へ傘をさしかけた。

何度か繰り返すうち、「照れちゃって」と、乙葉が健太郎の腕を組んだ。

チク。

遥の胸がまた痛む。

「あ、あたし、今日こっちだから……じゃ」

二人を見ていたくなくて、いつもより手前の道を曲がった。

「遥」

乙葉が呼び止める声は聞こえないフリで、早足で歩いた。

スピードを上げたまま走り過ぎた車が、水しぶきをあげる。

左半身がびしょ濡れになった。

「サイッテー」

言ったら、涙がこぼれた。


家の近くまで来た時だった。

「星川」

呼ばれた気がして、振り返ると、自転車に乗った健太郎が見えた。

遥は早足で逃げるように歩き出した。

「待って、星川」

腕を引かれ、立ち止まる。

「なんで？」

「いや、乙葉バス乗ったし」

健太郎が遥の顔を覗き込む。見られたくなくて、顔を背けるけど、バレバレだった。

「なんで怒ってんの？」

言えるわけがない、と思う。

察しろよ、と思う。

ヤキモチだよ、好きなんだよ、でも言えないんだよ。言葉を呑み込むと苦しくて、またじわっと涙がこみ上げる。

その時、脇を走り抜けた車が、二人に思いっきり水をかけた。

「冷たっ！」

同時に声を上げ、ずぶ濡れになった顔を見合わせて笑う。


「星川、俺が、次の試合一つでも勝ったら……」

次の言葉を待つ。

「お前、黒髪な」

「……なにそれ」

「賭け。俺が勝ったら、星川は黒髪」

「なんで？」

「いや、黒いのが好きだから」

ずるい。

健太郎は、こうやっていつも人の心をギュッと摑む。

「じゃあ、いっこも勝てなかったら？」

「あー……俺が坊主？」

「だから、それ賭けになってない。私、全然嬉しくない」

「うそ、貴重じゃね？　俺の坊主頭。ほんとは見たいくせに」

ほんとは……。

言いたい気持ちを吞み込む。

本当のことを何一つ言えないまま、気づくと家の前に着いていた。

「じゃ、賭け。忘れんなよ！」

健太郎は自転車にまたがる。

「ほんとは……」

遥は健太郎の背中に言いかけて、やめた。


週末に男子の試合は行われた。九州での開催だったため、女子はお留守番。吉田先生が書き残した練習メニューをこなしながら、一年生が送ってくる男子の試合速報を待っていた。

団体戦で先鋒を務めるはずだった二年の辻が、試合前のアップで怪我をしたとラインが入った。

『代わりは？　誰？』七海先輩が素早く返信する。

『健太郎先輩』

「よし！」

乙葉が小さくガッツポーズをした。

『中継。テレビ電話、頼む！』七海先輩が打ち返したけど、それきり返信はなかった。

無理か。諦めかけて、四股を踏み始めた時、七海先輩のスマホが鳴った。

一斉にスマホに駆け寄る。

「もしもし？」

七海先輩が応答すると、画面の向こうに、粗い画像が映し出された。

「もしもーし、見えますか？」

見えた。画像は粗いし、ぶれるし、なんか衛星中継みたいにワンテンポ遅い感じだけど、ちゃんと土俵が見えた。

「見える、見える」

「あ、よかった、先鋒、始まります」

土俵に立つ健太郎の姿が見える。

「がんばれー！　健太郎！」

乙葉がスマホ越しに叫ぶ。

電話の向こうで笑う一年生の声が聞こえた。

遥は祈るような思いで画面を見つめた。

相手は健太郎よりも少しがっちりとした選手だった。

健太郎は両手をついて、相手を見る。

審判が白い手袋をした両手を前に差し出し「はっきょい」のポーズをとる。

飛び出す。健太郎の立ち合いのセンスはやはり抜群だった。

健太郎は相手がぶつかってくるのをうまくいなすと、素早くまわしを取ってそのまま、投げた。

勝った。

「よおし！」

電話の向こうから、聞きなれたしゃがれ声が聞こえた。

遥と乙葉は顔を見合わせる。

「一二三先生⁉」

九州まで行っていることにも驚いたが、それよりも驚くべきは、その大会には新平が出ていないことだった。新平は世界大会に向けて調整するためにこの大会の出場は見送ったのだ。ばあちゃんは新平がいるところならどこでも現れると、健太郎は言った。

それはイコール、健太郎がいるところ、でもあるのだ。遥はどうしようもなく嬉しくなった。

乙葉は健太郎の勝利に喜び爆発といった感じで、てっぽう柱にぶつかり始めた。

男子は団体戦三位入賞、個人戦では松永部長が三位入賞を果たした。

健太郎は団体戦の先鋒では三戦負けなしだったが、個人戦は二回戦敗退だったと後から聞いた。

月曜日、稽古場に現れた遥を見て、全員が固まった。

「星川、お前、どした？」

吉田先生が駆け寄る。

「何拾い食いした？　それともどっか、頭でも打ったか？」

「別に何もないですよ。早くやりましょう、稽古」

「なんでもないことないだろ！」

遥の髪は真っ黒のショートボブになっていた。

針の穴にも簡単に通せそうなほどまっすぐで、光を反射するほど艶《つや》のある髪の毛が、動くたびにさらさらとなびく。

「失恋だろ？」と騒ぐ男子生徒を「うっさい！」と一蹴して四股を踏み始めた。

健太郎は、じっと遥を見ていた。

「見すぎ」

七海先輩に突っ込まれて、健太郎はようやく我に返った。

そんな健太郎を乙葉は複雑な思いで見ていた。


練習が終わり、遥が水飲み場で顔を洗っている時だった。遥は目を閉じたまま脇にかけておいたはずのタオルに手を伸ばした。

「あれ？　あれ」

置いたはずのタオルがない。

目を閉じたまま手探りしていると、

「やっぱすげー似合う」

声がした。

と、頭からタオルがぱさっと降って来た。遥は顔を拭き、ようやく目を開けた。

そこにはもう誰もいなかった。

全日本女子相撲選手権大会が、一週間後に迫っていた。

大関
全国大会

全日本女子相撲選手権大会を二日後に控えて、遥たちはみんなピリピリしていた。乙葉ですら、強張った顔を見せることが多くなった。乙葉にとっては大会連覇がかかった試合だ。遥のような挑戦者の立場とは違うプレッシャーがあるはずで、それは練習の端々にも表れた。四股を踏む足、相手を突く手、そして何より鋭く光る目に、絶対に負けられないという決意が現れていた。

七海先輩にとっても大事な試合であることに変わりはない。三年はこの試合を最後に引退だ。

七海先輩は、口では進学は諦めたと言っていた。四人兄弟の一番上だから、親に経済的負担をかけたくないというのが理由だった。

「大学行かなくても相撲はやろうと思えば続けられるし」と笑う七海先輩に、吉田先生は進学を勧めた。

「高校最後のこの試合でそれなりの戦績を収めることが出来れば、N大の推薦だって夢じゃねえ。俺はお前を推薦するために頭なんか下げたくねえから、大学行きたいんなら、この大会でちゃんと勝てよ」

七海先輩は、何も言わずに先生の言葉を受け止めていた。

迷っているんだな、と遥は思った。同時に、合宿の時、N大で写真を撮りまくっていた七海先輩の姿を思い出す。口には出さないけど、七海先輩はN大進学を望んでいるはずだ。でも家族にも誰にも行きたいと言えずにいるのだと遥は思った。この大会でいい成績を収めて、N大に推薦で入ることが出来れば、経済的な負担も少なくて済むはずだ。誰より勝ちたいのは、七海先輩かもしれない。


大会前日に会場のある大阪の堺市に入るため、この日が最後の練習となった。

吉田先生が女子を集めて、話をした。

「女子にとっては初めての団体戦だ。まさか、な、団体に出られるとは、夢にも思ってなかった。いやあ、俺もう明日死んでもいいわ」

七海先輩は「大げさですよ」と笑ったが、乙葉は真面目な顔で頷いた。

「星川みたいなもの好きのおかげだな」

吉田先生の言葉に、遥はくすぐったいような気持ちになった。まだ仮入部なんですけど、という言葉はとりあえず呑み込んだ。

「吉田先生」

教頭先生が稽古場に入ってきた。

教頭先生は女性で、生徒の生活指導を担当する厳しい人だ。

「ここが、相撲部の……」

教頭先生は渋い顔で稽古場を見回した。ホコリを吸い込まないように、ハンカチで口を押さえ「これなんですがね」と書類を差し出す。

「明日からの相撲部の遠征費ですが、全額はやはり厳しいです」

「え？」

吉田先生が声を上げる。

「全国大会ですよ？　部費が下りないってのはおかしいでしょ」

「まあ、部の実績がねえ……マイナー競技ですし、全国大会っていっても、エントリーすれば誰でも出られるわけですよねえ？」

吉田先生の顔つきが変わったのが、遥たちにもわかった。

教頭はまわしを着けた女子部員をなめるように見て、意味ありげに頷く。

「あなたたち、よくまあ……」

教頭はそこで言葉を切ったが、言いたいことはわかった。

よくまあ恥ずかしげもなくまわしなんか着けて、嫁入り前の娘が……。とかなんとか、どうせつまんないことだろう。

遥たちの表情はどんどん硬くなっていった。今すぐ頭からぶつかって外に押し出してやりたい衝動に駆られたが、いま一番我慢しているのはおそらく吉田先生だ。

「まあ、普通の脳ミソじゃあねえわな」

吉田先生が声を張った。

「こいつら、みんなバカばっかですよ。普通女に生まれたら相撲は選ばないです。みーんな頭おかしいんです」

なんて言い草だ。

「先生！」

乙葉が今にも噛みつきそうな勢いで、先生を睨む。

「でも、教頭先生に出来ますか？」

「別に、私は相撲なんて興味もありませんし。ずっとバレエでしたから」

「それはすごい、バレエってのは金かかるんでしょ？　シューズなんてすぐ履きつぶして、発表会には何十万もかかるんですよねえ？」

「……何が仰りたいんですか？」

「相撲ってのは、なーんも使わねえスポーツです。自分の体と頭使って、他には道具も何にもいらねえ。まわし一丁締めて、あとは自分信じて戦うだけのスポーツです。こんなシンプルな競技を俺は他に知りません。一番シンプルで、強い……だから、教頭先生には無理です」

　全員が黙って先生の言葉を聞いていた。

「こいつらバカだけど、俺はこいつら尊敬してますから。遠征費の件はわかりました。なんとかしますんで、どうぞお引き取りください。あんまりいるとバカがうつりますよ」

教頭は顔を真っ赤にして、稽古場を出て行った。

「先生……」

乙葉が悔しそうな顔で声を出した。

「大丈夫だ、俺が何とかすっから、お前らは余計なこと考えるな。いいな」

「はい……」

勝つ。勝ちたい。

多分、今、全員が同じ気持ちだと思った。

その日の夕方、森道場での稽古は軽めの調整で終わった。

「遥は最初の立ち合いだけ気をつけな」

髪を黒くしてから、一二三先生は遥を名前で呼ぶようになった。

「はい」

遥は初戦に勝てば、二回戦でまた順子さんと当たる組み合わせだった。

「乙葉は平常心、いつも通りやればまず大丈夫」

乙葉は、大きく頷いた。

「じゃあ、神さんに礼して、上がりな」


神棚に向かって手を合わせた。

数か月前、手を合わせても、願い事など何も思い浮かばなかった。

今は違う。

みんなが一つでも多く勝てますように。

願い事があることが嬉しかった。


大会に出ることは、冷蔵庫に貼ってあるカレンダーに書いておくことで、母に知らせていた。

「明日、泊まりなの？」

夕飯を食べている時、唐突に母が切り出した。

「うん、遠いし」

「大阪だっけ？」

「よく知ってるじゃん」

普通の親なら子供の行き先くらい知ってるか、と言ってから自分で可笑しくなる。七海先輩の家族はマイカーで観に来るって言ってたし、乙葉のお母さんは当然、来るはずだ。

「何に出るの？　階級とかあるんでしょ？」

母が、照れくさそうに訊いてきた。

「個人戦は軽量級。っていっても六十五キロ未満だけど。あと団体戦も出る」

「六十五キロって軽量なの？」

「気にするのそこ？」

思わず笑うと、母も「だって」と笑った。

「あのね、お母さん……私、転校してから学校で死んだみたいに生きてたの」

遥は、学校で乙葉と再会した時のことを話した。

母は、箸《はし》を止めて遥の話を聞いていた。

「私、前の学校をやめた時に思ったの。自分の人生なんていっても一つも自分の思い通りになんかならないって」

遥は母をまっすぐ見つめた。

「それが人生だって、悟った」

「生意気言って」

母はふっと笑った。

「でも、努力し続けたら少しは変わる気がする……いつまで続くかわからないけど、相撲やってみたいんだ」

「……ご飯、冷めるよ」

「お母さん、やっぱり反対？」

遥は母の顔色を窺うように訊いた。中学生の反抗期の自分なら、反対されるほど、なにくそと思って意地でも相撲をやってやろうと思ったはずだ。けど、今は違う。母は親であり、苦労をともにしている同士であり、たった一人の家族だ。

母は肉じゃがを遥の小皿に取り分けてから言った。

「怪我、しないようにね……特に顔」

母は遥のほっぺをキュウッとつねった。

「いったーい」

遥がつねられた頬を撫でると、母は笑ってビールを飲み干した。

会場に応援に来てくれなくても十分だ、と遥は思った。


翌日、遥たちは新横浜駅で待ち合わせて、新幹線に乗り込み、大阪へ向かった。

前日のうちに会場入りして計量を済ませておけば、体重を気にせずに食事がとれる。当日でも計量は出来るが、万が一足りなかったり、オーバーしていたりということがないよう、前日入りする選手は多い。

遥たちは前日の計量を難なくクリアした。

予定通り、遥と乙葉は軽量級、七海先輩は中量級だ。

夕飯は吉田先生の指示でうどんと果物を食べた。試合前日はエネルギーを筋肉と肝臓に蓄えるため、糖質がメインの食事にしなくてはならないのだという。

「敵に勝つ！　で、トンカツとか食べたいところだろうけど、脂っこいのは消化に時間がかかる。試合前には向かねーからな」

と言いながら、素うどんをすする遥たちの前で、先生はカツ丼を食べた。

「神戸牛とか食べてみたいよねえ」

七海先輩が恨み節を口にすると、先生はひらめいたように、ポンッと手を打った。

「よし！　じゃあ、団体入賞したら神戸牛、食い放題！」

「マジですか？」

乙葉が食いつく。

「俺の冗談は顔だけだ」

「やったー！」

乙葉は「絶対勝とうね」と遥と七海先輩の顔を交互に見た。


食事が終わると、吉田先生に「すぐ寝ろ」と言われ、遥たちは追い立てられるようにビジネスホテルの各部屋に入った。

まだ時間は九時にもなっていない。一時過ぎまで起きていることも多い遥には、夜はこれから、って感じの時間だった。

風呂に入り、ジャージに着替えて、ベッドに横になる。駅前にあるホテルなのに、外のにぎやかさは一切聞こえてこなかった。

あまりの静けさに落ち着かなくなり、なんとなくテレビをつけるのとほぼ同時に、携帯が鳴った。乙葉からのラインだった。

『寝た？』

食事した時の服装のままの乙葉が立っていた。

『ちょっと話せる？』

ＯＫのスタンプで返し、しばらくすると、遠慮がちなノックが響いた。ドアを開けると、

『寝てない』と打ち返す。

乙葉は遥の服を見て、

「あ、ごめん、寝るとこだった？」

と、部屋に入るのを躊躇した。

「ううん、全然眠くなくて困ってたとこ」

遥がどうぞというようにドアを開けると、乙葉は「おじゃまします」と中へ入った。

遥がベッドに座ると、乙葉も横に腰を下ろした。

「遥、緊張してる？」

「いま思い出して緊張してきた」

「うそ、ごめん」

「冗談だよ」

遥が笑うと「もう」と乙葉がじゃれる。

「なんか、夢みたいだなって思って」

乙葉は照れたように目を伏せて言った。

「何が？」

「全国大会も、団体戦もそうだけど、遥とまた相撲してることが」

私だって、と思う。

相撲をやるなんて選択肢は、多分普通に生きていたら死ぬまで現れなかった。遥は二年になってから今までのことを思い出して、ふっと笑う。

「乙葉のシコ踏んだじゃんって爆弾発言から、全国大会だもんね。ありえない」

「うん……遥、ありがとね」

「やめてよ、なんでありがとうなの？」

「だって、団体戦に出たいって、日本一になりたいってわがままに引きずり込んだ」

「それ、今、私の夢でもあるからさ」

「……遥」

「だから、ありがとうはこっちの台詞だよ」

「うん」

「明日、がんばろ。七海先輩のためにも」

「先輩と一緒に大会出られるのも、これが最後か」

「うん、だから一つでも多く勝てるように」

乙葉は、「よおし」と背伸びをすると、立ち上がった。

「遥、相撲好き？」

「え？」

「好きなものはちゃんと好きって言っていこうね。言っていいんだからね」

「……なに、それ」

「別に、じゃ、お休み！」

乙葉が出て行くと、部屋はまた静けさを取り戻した。

好きなものは好き、乙葉の言葉を反芻すると健太郎の顔が浮かんだ。

スマホのメッセージを確認すると、新着のメッセージが入っていた。期待して開くと母からの「がんばれ」が届いていた。

なに期待してんだか、と、スマホの音を消してベッドに入った。

眠気は思ったよりもずっと早く訪れた。


全国大会の会場は立派な武道館だった。

ロビーは既に色とりどりのジャージを着た選手たちでごった返している。遥たちもすぐに着替え、開会式に備えた。

　女子相撲の最高峰の大会だけあって、開会式は厳かに行われた。

　県ごとに選手の入場があり、遥たちはN大の選手たちとそこで再会した。乙葉は選手全員と知り合いといった感じで、会う人みんなに話しかけたり、かけられたりしている。

「遥、噂になってるよ」

　乙葉が声をかけてきた。

「え？」

「謎の新人がいるって、言われてる」

　乙葉は面白そうに笑ったが、遥にとっては逆にプレッシャーだった。

　開会式が終わると、メインの体育館から少し歩いたところにある土俵で早速競技が始まった。

　最初は小学生の大会。四年生以下の部は、四十キロ未満級と四十キロ以上級に分かれている。四十キロに満たない華奢な少女たちだが、土俵に立つその目は真剣そのものだった。

　観客席も熱気に包まれていた。土俵を三百六十度囲むようにある席が、ビデオカメラを構えた小学生の保護者でほぼ満席の状態だ。保護者たちは、ビデオに自分たちの声援が入ることなどお構いなしで、大声で声援を送っていた。

遥たちはアップをするため会場の外に出た。

外では、選手たちが思い思いに体を動かしていた。様々な体格の選手がいるが、動きにキレがある。初めて見る光景に遥は圧倒された。どの選手を見ても自分より強そうに見えた。

乙葉と七海先輩も、会場に入ってからめっきり口数が減った。前の試合と明らかに違うことが空気でわかる。

三人は無言のまま四股を踏み、すり足を繰り返した。やってもやっても不安で、もっと体を動かしておきたかったが、吉田先生に「試合前にへばったらどうする」と止められた。


中学生の決勝が終わり、いよいよ団体戦を知らせるアナウンスが流れた。

遥たち神奈川県チームの初戦三戦目。相手は静岡県だった。静岡はわんぱく相撲が盛んな県だ。先鋒で遥と試合をするのは、軽量級で入賞常連の藤代《ふじしろ》選手だった。

「藤代さんは、スピードが武器。だけど、今の遥なら負けてないと思う」

藤代選手と幾度となく取り組みしてきた乙葉が、細かくアドバイスをしている時だった。

「吉田先生」

聞き覚えのある声に全員が振り返る。

「健太郎！」

三人が同時に声を上げた。

「健太郎、お前なんで？　あー！　一二三先生の付き人か？」

見ると来賓席のど真ん中に一二三先生が座っていた。体の大きい大会関係者が順番に一二三先生に挨拶をしている。

「はい。ばあちゃんがどうしても観に行くって言うんで」

「一二三先生ーっ」

乙葉が一二三先生に手を振ると、先生は小さく手を上げて応えた。遥と七海先輩もその場でお辞儀をする。

「星川、先鋒だろ」

「うん」

「がんばれよ」

「うん」

メールで言われるより、百倍力になるがんばれ、をもらった気がした。

客席に戻る健太郎を、何気なく目で追った時、遥は息を呑んだ。

観客席の上の方に、母が座っていたのだ。

「うそ」

思わず声が漏れた。

母は、隣に座っている男の人と話しているように見えた。男の人は母を見る感じで横を向いていて、顔が見えない。

「東、神奈川県代表チーム。西、静岡県代表チーム」アナウンスが流れ、入場するよう促される。

遥は母の方を気にしながら、土俵際まで歩いた。

三人で並んで相手に礼をする。振り向いた瞬間、もう一度、母の方へ視線を向けた。

「パパ⁉」

母の横に座っていた男の人は、遥の父だった。


先鋒戦が始まる。

遥は混乱する頭の中をクリアにするようにかぶりを振り、パンパンと両手で頬を叩いた。

「遥！　思いっきり！　大丈夫！」

乙葉と七海先輩が檄を飛ばす。

遥は、仕切り線の土を足で払い、目を閉じ、大きく息を吸った。

頭を下げて、上体を起こさず、胸を開かず、低い姿勢で……。

吉田先生の指導、一二三先生の言葉、キツイ練習、やれることは全部やってきた。

待てよ。

ここまで、公式戦、練習試合、一つも勝ったことがない自分に気づく。

一緒に練習しているのが、乙葉だったり七海先輩だったり、一流の選手と稽古して勝ったり負けたりしているから、忘れていた。

これに勝てば、初勝利なんだ。


気持ちを落ち着けるようにゆっくり、長く息を吐く。

「構えて」

仕切り線の少し手前に両手をつく。

「手をついて待ったなし」

目線を上げた。


「はっきょい」

「は」の音で、思いっきり飛び出し、相手に当たる。

「よおし！」

って、一二三先生のしゃがれ声が聞こえた。

ちゃんとぶつかれたんだ、と思う。

遥の当たりが良かったせいで、相手が低すぎる姿勢になった。

——今だ。

遥は体を引き、相手が崩れた瞬間に、叩き込んだ。

見ると相手は、遥の足元で悔しそうに、乱れた髪にかろうじてぶら下がっていたヘアゴムをとって、髪をくしゃっとやった。

「おおー」

声援と拍手が沸き起こる。

何が起きたのか、にわかには信じられず、遥は乙葉の顔を見た。

「勝った……？」

遥の問いかけに、乙葉は泣き笑いの顔で大きく頷いた。

初勝利、だった。

続く中堅、大将戦。乙葉と七海先輩は危なげない取り組みでしっかりと勝った。

遥たち神奈川チームは、団体戦初戦をまさかの三勝で、二回戦に進んだ。

初戦突破に、誰より興奮していたのは吉田先生だった。

二回戦の相手はN大の選手が二人いる青森県チームだった。

先鋒に重量級のハルさん、中堅にも重量級の選手、そして大将戦に順子さんというオーダーだった。

遥は夏以降の練習で多彩な取り口が出来るようになってはいたが、体重差のある選手との経験はほとんどなかった。倍以上の体重があるハルさんには、なすすべもなくあっさりと寄り切られ、七海先輩も同じような取り組みで負けた。乙葉はしっかりと勝ち星を挙げたが、団体戦としての試合はそこまでだった。

「結果だけ見れば残念だけど、内容的には悪くねえ」

吉田先生は、そう言って個人戦に向けて気持ちを切り替えるよう、遥たちを鼓舞した。

団体の決勝は青森対富山の戦いだった。

重量級同士の先鋒戦や、体重差のある大将戦はどれも観ているだけで勉強になった。二勝一敗で青森の優勝が決まった。入賞したチームに必ず一人はN大の選手がいることで、N大のレベルの高さを改めて思い知らされた。

個人戦が始まる前に、遥は両親がいる席へ向かった。

ゆっくりと階段を降りて、母が座る席の後ろに立つ。両親の会話が聞こえてきた。

「遥がまた相撲とはね、君は絶対に反対すると思っていたけど」

久しぶりに聞く父の声は昔のままの優しい声だった。

「反対したわよ。大反対」

母の言葉に遥は一瞬身を固くした。

「でもね……知ってる？　あの子が自分から何かしたいって言ったのはこれが二度目なの。最初も相撲だった……もうやめろなんて言えないわ」

遥はふっと笑う。

「あの子、言ったのよ。自分の人生なんていっても一つも思い通りになんかならないって」

父は目を伏せた。

「でも、努力し続けたら少しは変わる気がする、って。その通りだなって思った」

母は笑った。

「だからちゃんと観てあげて」

遥は、両親に声はかけず、みんなの元へ戻った。

涙で視界がぼやけて、階段を何度も踏み外しそうになる。どうしようもなく涙が溢れた。

母がちゃんと自分を見ていてくれたことが嬉しかった。

認めてくれたことが嬉しかった。

少しずつ、何かが変わっていくことが、嬉しかった。


個人戦の軽量級は無差別の次にエントリー数が多く、総勢十八名によるトーナメントとなった。トーナメントは四つのブロックに分かれている。遥は第三ブロック、乙葉は第四ブロックのシードだ。もし互いに勝ち進んだら準決勝であたるが、遥はそんな先のことは考えられなかった。

第三ブロック、遥のすぐ上のシードに井本順子の名前があったからだ。


個人戦の超軽量級の試合の間、遥と乙葉は軽くアップをするために会場を出た。

会場の外にある土俵では、すり足や立ち合いをしている選手がいた。

「立ち合いするだろ」

その声に振り返ると、短パンにTシャツ姿の健太郎が立っていた。

健太郎はTシャツを脱ぐと、裸足になって土俵に上がった。

「健太郎！　いいの？」

「当たり前だろ、ほら、行くぞ。星川も、なにぼーっとしてんだよ」

「あ、うん、ありがと」

軽く汗を流すつもりが、力が入りすぎて吉田先生にまた止められる。

乙葉が一旦まわしを外してトイレに行く間も、遥は健太郎相手に立ち合いの練習を繰り返した。


「何賭ける？」

健太郎が訊ねる。

「もし星川が勝ったら……」

「私が勝ったら……」

遥は想像して、笑う。

「なんだよ」

「内緒、ってか……勝ってから言う」

「……ずるいだろ、それ」

「じゃあ、もし私が負けたら？」

健太郎の言葉を待つ。

健太郎は少し思案してから言った。

「……負けんな」

さっきのがんばれ、より嬉しい言葉だった。
一緒にいると、嬉しいが何度も更新される。
多分それが、好きってことなんだ、と思う。

軽量級の試合開始を知らせるアナウンスが流れ、遥と乙葉は会場へ急いだ。
遥の初戦。
相手は高校生。体格差はほとんどない。むしろ相手の方が細い印象を受けた。
名前を呼ばれ土俵に上がる。
遥の心は不思議なほど、凪《な》いでいた。
勝てる。
なぜだかわからない。
けど、そんな気がした。

「はっきょい」

遥は、迷わず飛び出した。

勝負はわずか十秒で決まった、遥の寄り切り。

土俵を降りてくる遥は、次に試合をする乙葉とすれ違いざまにハイタッチを交わした。

「がんばれ」

遥の言葉に乙葉は小さく頷いた。

乙葉も難なく初戦を突破した。


そしていよいよ、遥と井本順子の試合が始まった。

遥は立ち上がりから思いっきりぶつかった。

井本順子は、これほど遥が強く当たってくるとは思わなかったのか、少し押されるような感じで上体をのけ反る。

遥はさらに重心を落として、相手の懐に潜り込む。

――まわしを取られたらアウト。

頭に刷り込まれたこの言葉に忠実に、井本順子の手をことごとく払いのけ続ける。

井本順子は、投げ技を諦めたのか、遥の右膝の外側に足をかけ、足を払おうとした。

柔道でいう大外刈りのような技だ。

しかし遥も簡単には払わせない。

逆に井本順子の体重が片足に載った隙を狙って、技を繰り出した。

互いに何度も倒れそうになりながら、また四つに組み合う。

息が上がる。

長い試合は、確実に体力を奪っていく。

「我慢！　我慢だぞ　星川！」

吉田先生の声が聞こえる。

「ここが勝負だよ！」

一二三先生のしゃがれ声も聞こえる。

つらい、手の感覚がなくなっていく、思うように力が入らず、焦る。

「はるかー！」

「はーちゃん」

パパとお母さんの声が、同時に聞こえた。

負けたくない。

勝ちたい。

井本順子が、まわしに手を伸ばしかけたその時、

遥は、最後の力を振り絞って、押し出した。

「西の勝ち」

順子さんは遥に握手を求めた。

「ありがとうございました」

遥は満面の笑みで、順子さんの手を握った。

横綱

最終決戦

乙葉は難なく三回戦を突破し、遥は危なげながら三回戦を突破した。

勝ち進んだ二人は、準決勝の舞台で、再び対戦することになった。

東と西に分かれて立つ。

「東、桜川高校、島崎選手。西、桜川高校、星川選手」


土俵に上がり、互いに礼をする。

乙葉は突然、そこで蹲踞し、両手を大きく広げたかと思うと、目の前でゆっくりと両手をこすり合わせた。

——塵手水だ。

もし決勝戦であたったらしようね、と小学生の時に約束をして、出来なかった塵手水を乙葉はやろうとしているのだった。

遥は、乙葉に応えるように蹲踞し、揉み手をする。顔を見合わせると、どうしてもほころんでしまう。乙葉も笑っている。

どうしようもなく嬉しかった。

あの試合から四年。こうしてまた、二人で土俵に上がっていることが、奇跡のようで、夢のようで、でも間違いなく現実だと実感して、また嬉しくなる。

遥と乙葉は、同時に両手を広げ、パンと、柏手を一つ打った。

決勝戦でもないのにって、会場のあちこちから聞こえていた声は、手を打った音とともに消えた。二人の耳に、雑音はもう入らなくなっていた。

両手を大きく広げ、手のひらを上向きから下向きに返す。

二人はゆっくりと立ち上がり、仕切り線まで進むと、白線の土を足で丁寧に払って、蹲踞。


「構えて」


乙葉は遥を見る。

遥も乙葉を見た。

「相撲は楽しいかい？」一二三先生の声が聞こえた気がした。

「手をついてまったなし！」

遥は両手を仕切り線の少し手前につく。

乙葉は軽く握った右手をしっかりとついて、タイミングを見計らう。

目線を上げ、見合う。

遥と乙葉は互いの目を見て小さく頷く。

審判の「はっきょい」も、歓声も、二人の耳には入ってこなかった。互いの息遣い以外何も聞こえない。

幾度となく取り組んできた二人の間合いで、同時に飛び出す。

バチン。

激しい音が会場に鳴り響く。

同時に割れるような歓声が会場に沸き起こる。


「のこったのこったのこったのこったー」


遥は小学生の頃を思い出していた。

六年生の最後の試合。

決勝で乙葉と戦った、あの時、相撲が楽しくて楽しくて仕方なかった。
乙葉みたいに強くなりたくて、乙葉の背中をずっと追いかけた。
強くなるのが嬉しかった。
自分が好きだった。

今はどうだろう。
自分が好きかと訊かれたら。
誇れる自分かと、訊かれたら。
わからない。
でも、これだけは言える。
私、相撲が、好きだ。

エピローグ

まったなし

全国大会の後、七海先輩は部活を引退、するはずだった。が、全国大会の中量級でN大の美月さんに次ぐ準優勝を収めた七海先輩にN大からのスポーツ推薦の話が舞い込んだ。

七海先輩は、「大学に行って相撲を続けたい」という本心を家族に伝えた。家族全員が、大喜びで背中を押してくれたそうだ。

そんなわけで、七海先輩は相変わらず毎日稽古に顔を出している。

全国大会で優勝した美少女力士がいるということで、桜川高校の女子相撲部はメディアに取り上げられる機会が増えた。そんなわけで桜川高校女子相撲部は、巷《ちまた》ではちょっとした話題になりつつあった。

といっても、商店街を歩くと、肉屋のおばさんがメンチをくれたり、豆腐屋のおじさんが厚揚げをくれたりする程度だけど。

地方のテレビ局が夕方のニュースで取り上げたいと言って、今日も撮影に来ている。「練習に集中できない」と乙葉はちょっと不機嫌だけど、「これを見て、来年入部してくる一年がいるかもしれないよ」と言う七海先輩の口車に乗せられ、渋々、笑顔で四股を踏んだ。

秋の大会までという期限付き入部だった遥は、大会の翌日からも練習に現れて、部員たちから拍手喝采を受けた。

「新入部員を紹介する。星川遥だ」

と、吉田先生が意地悪な紹介をすると、「じゃあ星川さん、一言」と、七海先輩が続けた。

「全国大会の三位決定戦で負けたのが悔しすぎたので、とりあえずそのリベンジを目標にがんばります」と、挨拶したら「さらっと全国四位自慢かよ」と男子に突っ込まれた。

自慢になる戦績だとは思ってないけど、自分では満足の結果だった。

全国大会の試合の後、両親と一緒に食事をした。

本当は部のみんなとわいわいしたかったけど、あの日を逃したら、家族三人が集まることなんて、もうない気がした。

せっかく神戸牛のお店に連れて行ってもらったのに、ステーキじゃなくハンバーグを頼んだことを母はいつまでもぶつぶつ言っていた。

パパは離婚が決まったことや、そこに至るまでの話を、女子高校生の娘仕様に嚙み砕いて話してくれた。

「今日の遥、かっこよかった。パパもがんばろうって気持ちになれたよ」

いつもと同じ、こっちが恥ずかしくなるくらいのべた褒めをしてくれた。

浮気をした最低のパパだけど、パパであることに変わりはなくて、褒められたら素直に嬉しかった。だからその気持ちを正直に伝えた。

「大嫌いだけど、大好きだよ」

パパはステーキを食べながら泣いていた。


宿泊先のホテルに戻ると、もう時間は九時を回っていた。別のホテルを取っていた母とフロントで別れて、部屋へ向かう。エレベーターを降りると、自販機の前にあるソファに健太郎が座っていた。

「び、っくりした」

「お帰り」

「なにしてんの？」

「……星川、待ってた」

健太郎は立ち上がると「ちょっと来て」と、エレベーターに乗った。

最上階で降りると、階段があり、そこから屋上に出られるようになっていた。

屋上にはベンチがあり、小さな花壇に電飾が施されている。

絶景と言えるほどの景色ではないけど、知らない街を見下ろす夜景は新鮮で、ずっと見ていたい気持ちになった。

「賭け、なに？」

「え？」

「勝ったら言うって言ってたやつ」

「ああ……ごめん、考えてなかった。なんか今日いろいろありすぎて」

「なんだよそれ」

「ごめん」

健太郎は、ベンチに座って足を投げ出して空を見上げた。

「俺さ、ほんとは、もうやめようと思ってたんだ、部活」

遥は、黙って健太郎の横に座った。

「でも、星川が入ってきて、なんかちょっとまだ出来るかもって思えて……また相撲が好きになった」

「……うん」

「あーつまり、部活、やめないで欲しい」

「へ？」

「いや、だって、星川ってこの大会までの仮入部だろ」

仮入部のままだったことすら忘れかけていた。

「やめないよ」

「え？」

「やめるつもりは、ない」

「なんだよ、すげー勇気出して言ったのに、返せよ、俺の勇気」

と、健太郎が手のひらを差し出す。

「わかった、返す」

「？」

と、健太郎が遥を見る。

遥は大きく息を吸い込んだ。

「好きです！」

健太郎は遥を見て、手を出したまま固まっている。

「勇気、私も出したからね、これでおあいこ」

遥は健太郎が差し出した手の上に手を重ね、つないだ。

健太郎が、ふっと笑う。

遥も笑った。

好きなものを好きって、ちゃんと言えた。

乙葉にもちゃんと伝えよう。


部活が終わると、一度帰宅してから、森道場へ向かう。

大会が終わった後も、遥と乙葉の道場通いは続いていた。

一番乗りは遥だった。

道場の壁にはこないだの大会の写真が早速飾られていた。

その横には、新平が世界大会で三位に入賞した写真も飾られていたが、写真の大きさは桜川高校の方が少し大きく見えた。

試合の後、一二三先生は遥たちにダメ出しばかりしていた。けど、どこか嬉しそうに見えたのは、健太郎が勝ち越したことが大きかったのだと思う。

写真を眺めていると、乙葉が入ってきた。

「あれ、遥だけ？」

「うん」

乙葉は、手早くまわしを出すと、遥に手伝ってというように渡した。

あうんの呼吸でまわしを締め合う。

「ふふふ」

乙葉が笑った。

「なに」

まわしを整えながら、遥が訊ねる。

「ううん、なんでもない」

乙葉は笑顔で応えた。

今度は遥のまわしを乙葉が締める。

「乙葉、私、言っておきたいことがある」

「ん？」

「私、健太郎が、好き」

「うん。知ってる」

「……やっぱり」

気づかれてたか、と思う。

「相撲も好き」

「それも、知ってる」

乙葉が遥のまわしをギュッと締める。

「うっ」

思わず声が出た。

乙葉はまわしをポンポンと叩きながら、言った。

「遥が、ちゃんと言ってくれたことが嬉しい」

乙葉は、神棚に礼をすると「よおし」と、土俵の外に立った。

遥も神棚に礼をすると、土俵をはさんで乙葉の向かい側に立った。


「ひとーつ」

乙葉の掛け声に合わせて右足から四股を踏む。

「ふたーつ」

乙葉は満面の笑みで、遥を見ている。

遥も笑顔で、乙葉を見た。

四股を踏む音がいつまでも響いていた。

人生なんて、いっこも自分の思い通りにはならない。
自分の力じゃどうにもならないことばかり起こる。
でも、努力し続けることで変わることが、きっとある。

この作品は書き下ろしです。原稿枚数358枚（400字詰め）。

すもうガールズ

鹿目《かのめ》けい子《こ》

平成29年3月15日　初版発行

発行人――石原正康
編集人――袖山満一子
発行所――株式会社幻冬舎
〒151-0051東京都渋谷区千駄ヶ谷4-9-7
電話　03(5411)6222(営業)
　　　03(5411)6211(編集)
　　振替00120-8-767643
印刷・製本―図書印刷株式会社
装丁者――高橋雅之

幻冬舎文庫

ISBN978-4-344-42580-4　C0193　　か-46-1

幻冬舎ホームページアドレス　http://www.gentosha.co.jp/
この本に関するご意見・ご感想をメールでお寄せいただく場合は、
comment@gentosha.co.jpまで。